에 메
세 제 르
선 집

2

어 떤
태 풍

에메 세제르 Aimé Césaire, 1913~2008 | 1913년 카리브 해의 마르티니크 섬에서 태어나 2008년에 사망. 1931년에 프랑스로 유학을 갔고, 1934년 레옹 다마(Léon Damas), 레오폴 상고르(Léopold Sédar Senghor) 등과 함께 저널 『흑인 학생』(L'Étudiant noir)을 창간한다. 1937년부터 『열대』(Tropiques)의 편집을 맡으며 본격적인 시창작 활동을 전개하고, 그 결과로 『귀향 수첩』(Cahier d'un retour au pays natal, 1939)과 『놀라운 무기들』(Les armes miraculeuses, 1946)을 출간한다. 이후 『식민주의에 대한 담론』(Discours sur le colonialisme, 1955), 『어떤 태풍』(Une tempête, 1969)을 출간하며 아프리카 탈식민주의의 거장으로 거듭난다. 프란츠 파농(Frantz Fanon), 에두아르 글리상(Édouard Glissant) 등과 지적 교류를 나누었고, 프랑스 공산당(PCF)과 마르티니크 진보당(PPM)에서 정치활동을 전개했다.

옮긴이 이석호 | 원광대학교 학술연구교수를 역임했으며, 현재 (사)아프리카문화연구소 소장, 아시아/아프리카/라틴아메리카 문학포럼 집행위원, 국제게릴라극단 상임 연출자로 활동하고 있다.

Une tempête by Aimé Césaire

Copyright © Éditions du Seuil 1969
All Rights Reserved.
Korean translation copyright © Greenbee Publishing Company, 2011
This Korean edition is published by arrangement with
Éditions du Seuil through Milkwood Agency Co.

어떤 태풍 에메 세제르 선집 2

초판 1쇄 발행 _ 2011년 7월 10일

지은이 · 에메 세제르 | 옮긴이 · 이석호
펴낸이 · 유재건 | 펴낸곳 · (주)그린비출판사 | 등록번호 제313-1990-32호
주소 · 서울시 마포구 동교동 201-18 달리빌딩 2층 | 전화 · 702-2717 | 팩스 · 703-0272

ISBN 978-89-7682-128-7 04800   ISBN 978-89-7682-126-3(세트)
이 도서의 국립중앙도서관 출판시도서목록(CIP)은 e-CIP 홈페이지(http://www.nl.go.kr/ecip)와
국가자료공동목록시스템(http://www.nl.go.kr/kolisnet)에서 이용하실 수 있습니다.
(CIP제어번호: 2011002531)

그린비출판사 **나를 바꾸는 책, 세상을 바꾸는 책**
홈페이지 · www.greenbee.co.kr | 전자우편 · editor@greenbee.co.kr

에메
세제르
선집

2

Aimé Césaire
Une tempête

에메 세제르 지음
이석호 옮김

어떤
태풍

B
그린비

| 차 례 |

등장인물 · 7

| 일러두기 |

1 번역본은 프랑스어판(*Une tempête*, Éditions du Seuil, 1969)을 기준으로 하되, 주로 영
  어판(*A Tempest*, Theatre Communications Group, 2002)을 이용했다.

2 독자의 이해를 돕기 위해 옮긴이가 첨가한 내용은 대괄호([ ])로 표시했다.

3 본문의 모든 주는 옮긴이 주이다.

4 단행본·정기간행물에는 겹낫표(『 』)를, 논문·단편에는 낫표(「 」)를 사용했다.

5 외국 인명이나 지명, 작품명은 2002년 국립국어원에서 펴낸 외래어표기법을 따랐다.

등장인물

셰익스피어의 작품과 동일하다.

단, 셰익스피어의 작품과 달리 이 작품에는 에어리얼이 혼혈 노예로,

그리고 캘러밴이 흑인 노예로 출현한다.

아울러 셰익스피어 작품에는 출현하지 않았던 에슈라는 검은 악마가

이 작품에는 출현한다.

싸이코 드라마의 분위기가 풍긴다. 등장인물들이 하나씩 무작위로 입장한다. 각 등장인물들은 자신들이 좋아하는 마스크를 하나씩 골라 쓴다.

사회자 자 여러분, 마음껏 고르십시오. 자신에게 어울리는 마스크로 말이죠. 어이, 프러스퍼로? 왜 그런가? 이자는 의지력이란 것을 가지고 있죠. 물론 자신은 깨닫지 못하지만. 자네, 캘러밴을 찾고 있나? 음, 알았네. 어이, 에어리얼? 좋아. 스테퍼노 그리고 트린큘로는 어디 있나? 아무도 안 데리고 갔다고? 기다려 보세, 곧 올 테니! 도무지 이놈 저놈 가리지 않고 몽땅 데려가 버리니, 참!

　다행히 저 등장인물들이 최악은 아닙니다. 젊은 축도 괜찮은 편이지요. 미랜더와 퍼디낸드 말이죠. 어이, 자네! 좋아! 악당 역을 맡은 자들도 마찬가지입니다. 거기, 앤토니오 그리고 알론조, 아주 좋아요! 이런 제길! 신들 역을 맡은 자들을 잊어버리고 있었군. 자네에게는 에슈 역이 장갑처럼 꼭 맞을 것 같구면. 자, 다른 배역들은 알아서 챙기라고. 단단히 마음먹고 말이야……. 이제 마지막으로 내 손으로 직접 골라야 하는 배역 하나가 남아 있군. 바로 자네! 태풍 역을 맡게. 다른 모든 태풍을 잠재우는 태풍 중의 태풍 역 말일세……. 태풍 역을 제대로 소화해 내려면 덩치가 큰 친구가 필요하네. 할 수 있겠나? 좋아! 그리고 선장 역을 맡을 몸집 좋은 친구도. 저기 있군, 좋아. 자 그럼, 시작하겠네. 모두 준비! 시작. 바람아 불어라! 비 그리고 천둥도!
(입소리를 낸다)

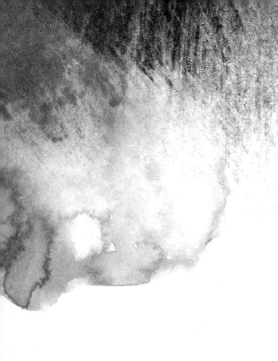

어떤
태풍

1
막

곤잘로 물론이외다. 우린 성난 바다 위에 떠 있는 한 올 지푸라기일 뿐이외다. …… 하지만 희망이 없는 건 아니오. 자, 여러분! 모두 힘을 합쳐 저 태풍의 눈에 다가섭시다.

앤토니오 이놈의 늙은 영감탱이가 우릴 죽음의 소굴로 밀어 넣을 줄 알았다니까!

시배스쳔 오! 그보다 더 무시무시한 곳일지도.

곤잘로 내 말을 잘 들으시오! 불이 반짝반짝 들어오는 굴뚝같이 생긴 실린더를 상상해 보시오. 달리는 말처럼 힘차고 빠르지만, 그 정중앙은 성게의 눈알처럼 적막함과 고요함이 깃들어 있는 실린더를 말이오. 내가 말하는 '태풍의 눈'이란 바로 그걸 뜻하는 것이외다. 바로 우리가 어떻게 해서든 도달해야 하는 곳이오.

앤토니오 참, 놀랍구려! 태풍인지 성게인지, 그놈의 눈이 멀지 않은 이상, 우릴 그냥 내버려 둘 것 같소? 한 수 잘 배웠수다!

곤잘로 옳으신 지적이외다. 딱히 맞는 말은 아니지만, 일면 사실이오. 그건 그렇고, 도대체 저 위는 왜 이리 소란스러운고? 선장 표정에 시름이 한가득하던데. (부른다) 선장!

선장 (움찔거리며) 이봐, 갑판장!

갑판장 예, 선장님!

선장 우리 배가 섬에서 부는 바람의 방향을 따라 돌고 있네. 이대로 가면 섬에 부딪히겠어! 배의 방향을 바꿔야겠네. 배를 멈춰라!
(퇴장한다)

갑판장 배를 멈춰라! 돛을 올리고, 줄을 당겨라. 힘차게! 영차, 영차!

알론조 (다가가며) 여보게, 갑판장! 어떤가? 괜찮겠나? 지금 우리가 있는 곳이 어딘가?

갑판장 그런 쓸데없는 질문 마시고 모두 선실로 내려가시오.

앤토니오 저자, 오늘 기분이 별로 안 좋아 보이는군! 선장에게 직접 물어보는 게 나을 것 같소이다. 선장은 어디 있나, 갑판장? 좀 전에 여기에 있었는데, 그새 어디로 간 거야?

갑판장 모두 선실로 내려가라고 하지 않았소? 우린 이제 작업을 시작해야 하오.

곤잘로 이보게, 자네 심정은 이해가 가네만, 사내가 어려운 때일수록 냉정해질 줄도 알아야지.

갑판장 설교는 집어치우시고, 더 망신 당하고 싶지 않으면 당장 당신들이 있는 1등석 선실로 내려가시오.

곤잘로 어잇, 말조심하렷다! 감히, 어느 안전이라고! (소개를 한다) 이분은 폐하의 형제분이시고, 이분은 세자 어른이시며, 나는 폐하의 책사라네.

갑판장 폐하, 폐하라! 세상에 당신과 나 같은 작자 주변에 있는 자가 폐하라고? 우리 같은 작자에게 관심이 있는 폐하도 다 있소? 돌풍이라는 자를 보시오, 돌풍 폐하 말이오. 우리에게 눈꼽만큼이라도 관심이 있나? 지금으로서는 권좌를 장악한 이는 돌풍이요. 당신들이나 나나, 우린 모두 그의 신하외다.

곤잘로 지옥으로 떨어질 배의 선장질이나 해먹을 놈이로구먼! 입이 아주 걸어!

앤토니오 저자가 말하는 소리를 들으니 오히려 한결 힘이 나는구려. 이 곤경을 뚫고 나갈 수 있을 것 같단 말이오. 왜냐하면 조금 전 나를 보는 눈이 자신이 바다에 빠져 죽을 위인이 아니라 교수대에 달려 죽을 위인임을 말하고 있더란 말이오.

시배스천 결과는 마찬가지일 겁니다. 우리는 물고기 밥이 되고, 저자는 까마귀 밥이 되고.

곤잘로 나는 저자의 말을 듣고 있으니 울화가 치밀어 오릅디다. 아무튼 위기를 기회로 만들어 봅시다. 여러분들께서 명심하실 것은 저자는 용기도 지혜도 없는 것 같다는 사실이외다.

갑판장 (되돌아가며) 돛을 올려라. 조타수, 파도 속으로! 파도 속으로!

(시배스천, 앤토니오, 곤잘로가 다시 등장한다)

갑판장 아니, 이 양반들이! 당장 선실로 내려가서 기도나 하고 있으라 하지 않았소? 계속 이렇게 일을 방해하면 우린 손을 털고 당신들에게 일을 맡기는 수가 있소? 당신들 설마 물귀신 밥이 되고 싶은 건 아니시겠지?

앤토니오 안하무인이군! 저자 사태를 악용하는 기회주의자 아니야?

갑판장 바람을 타라! 바람을 타! 파도 속으로!
(천둥과 번개가 친다)

시배스천 영차! 영차!

곤잘로 보셨소이까? 저기, 저 돛대 위 말이오. 파란 불꽃이 번쩍번쩍거리는 곳 말이오. 사람들 말이 맞았소이다. 저기 저 마법의 섬은 우리 유럽과 많이 다르다고 하던데……. 보시오, 저기 번개 치는 것도 다르지 않소이까?

앤토니오 불길한 징조로다!

곤잘로 지나치게 염세적이시오. 나는 가능하면 어떤 상황에서도 위엄을 잃지 않으려 노력하는 편이외다. 말하자면 언제든지 조물주를 만날 만반의 준비가 되어 있다, 이런 뜻이오.

(선원들이 등장한다)

선원들 제기랄, 배가 가라앉고 있구먼!

("주님, 주님께 다가갑니다……"라는 노랫소리가 들린다)

갑판장 바람을 등겨라! 바람을 등겨라!

퍼디낸드 (입장하며) 저승은 텅 비었겠어. 여기 저승사자들이 다 모여 있는 걸 보니!

(배가 가라앉는다)

2장

미랜더 아니, 저럴 수가! 배가 가라앉았네! 아버지, 저기 배가 가라앉고 있어요!

프러스퍼로 (마이크를 들고 급히 입장한다)
왜 그리 호들갑이냐, 얘야! 진정하거라. 그냥 장난 한번 치는 것 가지고. 봐라, 아무 일도 없지 않느냐? 지금 일어나는 일은 우리에게 좋은 일이란다. 나를 믿거라. 더 이상 말을 안 할 테니.

미랜더 하지만 저렇게 근사한 배와 멋지고 용감한 목숨들이 물속에 가라앉아 부식되어 갈 텐데! 돌심장을 가진 사람들이나 이런 일을 보고도 눈 하나 꿈쩍하지 않지요…….

프러스퍼로 저 배가 물속으로 가라앉았을 것 같으냐? 진정 그리 될 것 같으냐? 이리 와 보거라, 공주야! 때가 오고 있느니라.

미랜더 절 놀리시는 거예요, 아버지? 저처럼 천방지축인 아이를 보고 공주라니요? 아시잖아요, 전 들꽃과 맑은 시냇물 그리고 샛길을 좋아한다고요. 맨발로 가시덤불과 꽃들 사이를 이리저리 휘젓고 다니는 것도 좋아하고요.

프러스퍼로 그렇더라도 너는 공주니라……. 왕의 딸을 그럼 뭐라고 부르란 말이냐? 내 너를 더 이상 속일 수 없구나. 너는 밀라노 출신이니라. 나는 오랫동안 그곳의 대공이었다.

미랜더 그럼 여긴 어떻게 오시게 된 거죠? 말씀해 주세요. 도대체 어쩌다 왕께서 이런 유배지 같은 섬에서 귀향살이를 하는 은자의 신세가 되셨는지 말이에요. 세상이 역겨우셨나요? 아니면 어떤 정적들의 농간 때문이었나요? 그럼, 이 섬은 감옥인가요 아니면 은신처인가요? 지금껏 여러 번 알 듯 말 듯한 말씀을 하시면서 제 호기심을 시험하셨으니 오늘은 모든 걸 말씀해 주세요.

프러스퍼로 네가 말한 이유 그 모두 때문이란다. 이 아비에겐 동생이 하나 있었단다. 매우 야심만만한 인물이었지. 그 동생 때문에 아비는 한때 정치적으로 어려움을 겪어야 했단다. 앤토니오, 바로 내 동생이자 네 삼촌의 이름이다. 당시 나폴리의 왕은 질투심이 강한 알론조라는 인간이었다. 이 두 인간의 야심이 맞아떨어졌던 거다. 그래서 내 동생이 바로 내 정적의 협조자가 되었던 것이지. 알론조는 앤토니오에게 신변의 안전과 내 왕좌를 약속했지. 이 끔찍한 일들이 어떻게 진행되었는지는 하늘이 알 것이다. 이들은 아주 우연히 당시 내 계획을 알게 되었단다. 이 아비가 그 엄청난 연구와 실험을 통해서 수백 년 동안 사람들이 그토록 찾고자 했던 땅들의 정확한 위치를 마침내 찾아냈으며, 곧 그 땅들을 독점하기 위해 길을 떠날 것이란 걸. 그래서 그들은 음모를 꾸몄지. 아직 태어나지 않은 내 왕국을 가로채기로 말이다. 사람들을 매수하고 내 지도와 서류 등을 훔쳤지. 또 나를 제거하기 위해 재판부에 고발까지 했단다. 내가 마법사 아니 마녀라고 말이다. 어느 날 내가 있던 궁정으로 손님들이 오더구나. 성무聖務를 집행하던 성직자들이었지.

(**회상 장면**―귀족들이 입는 옷을 걸치고 있는 프러스퍼로 앞에 한 수사修士가 서서 포고문을 읽고 있다)

수사 신앙 유지와 이단 축출을 위한 성무집행부에서 성 사제 예언단의 이름으로 고하노니, 천지창조와 기타 지구의 발견 가능성에 대해 신성모독을 범한 그대의 죄를 자백할지어다. 선지자 이사야께서는 말씀하셨도다. 그리고 가르치셨도다. 하나님께서는 둥그런 지구 위 보좌에 앉아 계시고 그 둥그런 지구의 중심에는 예루살렘이 있으며, 또 그 지구의 주위에는 인간이 다가설 수 없는 낙원이 있다고 말이다. 그러나 그대는 스트라본과 프톨레마이오스 그리고 비극 작가인 세네카 등을 원용하며 이단설을 퍼트려 세속적인 인간의 말도 심오한 성경의 말씀처럼 권위를 가질 수 있다고 사람들을 미혹하고 있도다. 동시에 그대는 아라비아의 수학과 히브리어, 고대 시리아어 그리고 기타 사탄의 언어를 사용해 밤낮으로 글을 쓰고 있도다. 뿐만 아니라 그대는 그대의 세속적인 권위를 이용해 칫값도 치르지 않고 오히려 이를 전화위복의 기회로 삼아 폭군의 지위에 올랐도다. 이에 그대의 작위와 관직과 명예의 박탈을 고하노니, 명을 받아 순순히 우리의 불편부당한 조사에 응하기를 바라노라.

프러스퍼로 (현재로 돌아온다) 그러나 그자들이 열겠다고 한 재판은 지금껏 열리지 않았단다. 어둠의 자식들은 원래 빛을 두려워하는 법이지. 간단히 말하면, 그자들은 나를 죽이는 것 대신에 더 악랄한 방법을 선택했단다. 이 무인도에 나와 너를 유배한 것이지.

미랜더 어머나, 세상에! 이럴 수가! 얼마나 힘드셨어요!

프러스퍼로 그러나 이러한 배신과 음해 이면에 꿋꿋하게 지조를 지킨 한 인물이 있었느니, 나폴리 왕의 책사로 그를 성군이 되도록 애쓴 곤잘로가 바로 그란다. 그는 내게 먹을 것과 입을 것, 그리고 읽을 것 등을 주었단다. 그 사람 때문에 그나마 그 끔찍한 유형의 세월을 견딜 수 있었지. 그런데 마침내 행운의 여신의 도움으로 나를 음해했던 자들이 저기 저 바닷가에 떠돌고 있으니, 이 어찌 기쁘지 않을 수 있겠느냐? 내가 공부한 미래를 예언하는 과학에 따르면, 이자들은 유럽에 있는 내 땅을 빼앗은 것에 만족하지 못하고 탐욕이 비겁함의 수준을 넘어서 바닷가를 떠돌다 내가 애써 발견한 이곳으로까지 다다르게 될 것이라고 했단다. 그런 그자들을 고이 돌려보낼 수 있겠느냐? 에어리얼의 도움으로 그자들을 멈춰 세울 수가 있는데도 말이다. 네가 본 태풍은 바로 나와 에어리얼이 일으킨 것이란다. 그 이유는 이곳에 있는 내 재산을 보호하고 저 졸렬한 인간들을 내 수중에 넣고자 했기 때문이란다.

(에어리얼이 들어온다)

프러스퍼로 에어리얼, 자넨가?

에어리얼 임무를 마쳤습니다.

프러스퍼로 잘했다, 잘했어! 왜 무슨 문제가 있느냐? 잘했다고 칭찬을 해주는데도 별로 달가운 기색이 보이지 않는구나. 피곤한 게로구나.

에어리얼 아닙니다. 피곤한 게 아닙니다. 그저 끔찍할 뿐입니다. 주인님의 명을 따르긴 했지만——왜 주인님께서 해결하지 않으십니까?——이번에는 크게 내키지 않았습니다. 사람들을 가득 채운 그 커다란 배가 물속으로 가라앉는 것을 보니 정말 끔찍했습니다.

프러스퍼로 아, 그래서 화가 난 게로구먼! 자네 같은 지식인들은 항상 그게 문제야! 뭐가 그리 걱정인가? 내 관심사는 자네 기분이 아닐세. 자네 임무의 성공 여부지. 자, 돌아가게. 난 기분이 충천할 지경인데, 자넨 왜 그리 벌레 씹은 표정을 하고 있나?

에어리얼 주인님, 간청컨대 앞으로는 이러한 일에서 저를 빼주십시오.

프러스퍼로 (소리를 지른다) 듣거라, 잘 들어 보거라! 해결해야 할 임무란 건 있기 마련이고, 그걸 어떻게 해결해야 하는가는 내 관심사가 아니로다.

에어리얼 주인님께서는 수천 번도 넘게 약속하셨습니다. 저를 해방시켜 주시겠다고요. 전 아직도 기다리고 있습니다.

프러스퍼로 이런 배은망덕한 놈! 널 시커락스*의 손아귀에서 구해 준 이가 누구냐? 그리고 네놈이 갇혀 있던 소나무에서 널 끄집어내 거기에 집터라도 꾸미게 해준 이가 누구냐?

에어리얼 바로 그 점이 후회막급이옵니다……. 아니면 진짜 나무가 될 수도 있었을 텐데 말입니다……. 나무라! 전 나무라는 말만 들으면 온몸에 전율이 느껴집니다. 가끔은 야자수가 떠오르기도 하고요. 분수처럼 하늘로 치솟아 태연히 오징어 같은 자태를 뽐내는 나무 말입니다. 한 괴물의 부드러운 내장처럼 비비 꼬인 바오바브 나무를 떠올리기도 하고요. 그 나뭇가지에 둥지를 틀고 사시장철을 나는 코뿔새에게 물어보십시오. 아니면 그 자랑스러운 태양 아래 사지를 쭉 펴고 누운 케이폭 나무에게 물어보십시오. 오 새여, 살아 있는 지상의 푸른 저택이여!

프러스퍼로 닥쳐라! 난 나무에 대해 이야기하는 것을 좋아하지 않으니

---

* 이들이 살고 있는 무인도의 원주민으로 캘러밴의 어머니이다.

라. 네놈의 자유는 내 기분이 괜찮고 내가 준비가 되면 허락하겠노라. 그때까지 너는 배를 지켜보도록 해라. 나는 캘러밴과 나눌 이야기가 있다. 내, 캘러밴 그놈을 내내 지켜보았는데, 그놈 약간 풀어 주었더니 아주 제멋대로야! (부른다) 캘러밴! 캘러밴! (한숨을 짓는다)

(캘러밴이 들어온다)

캘러밴 우후루!**

프러스퍼로 뭐라 지껄였는고?

캘러밴 우후루라고 했소이다!

프러스퍼로 네놈이 원주민어를 다시 주절거리다니! 내, 몇 번이나 말했느냐? 난 원주민어를 좋아하지 않는다고. 그리고 최소한의 예의는 갖춰야지. 내가 네놈에게 가르쳐 준 언어로 "안녕하세요!"라고 짧게 안부 인사라도 하면 누가 네놈을 어떻게 하기라도 한단 말이냐?

캘러밴 아, 잊었소이다! 그러나 왠지 당신이 가르쳐 준 "안녕하세요!"라는 인사에서는 개구리 같기도 하고, 말벌 같기도 하고, 사마귀 같기도 한 구린내가 나는 것 같아서! 난 십수 년을 기다려 왔소이다. 바로 오늘을 말이오. 바로 오늘이 창천의 새들과 땅 위의 짐승들이 당신의

** 우후루(Uhuru): 원주민어로 '자유'라는 뜻이다.

시신을 뜯어 먹는 제삿날이 될 것이외다.

프러스퍼로 천하의 버르장머리 없는 원숭이 같은 놈! 세상에 이보다 더 추한 몰골을 가진 놈이 또 있을까?

캘러밴 당신 생각엔 내가 그렇게 추한 몰골을 가지고 있는지 모르지 만…….. 나 또한 당신이 그렇게 아름다운 몰골의 주인공이라고는 생각하지 않소이다. 크고 구부러진 코 때문에 당신 인상이 어떤 줄 아시오? 꼭 늙은 매 같소이다. (껄껄껄 웃으며) 쭈글쭈글한 목을 가진 늙어빠진 매 말이오.

프러스퍼로 네놈이 그런 궤변을 좋아하게 된 것도 다 내 덕인 줄이나 알아라. 내가 네놈에게 말하는 법을 가르쳐 준 덕이지. 야만적이고 말도 못하는 짐승 같은 네놈을 가르치고 보살펴 짐승의 세계에서 끄집어내어 준 게 누군데. 물론 네놈에게는 아직도 짐승의 냄새가 나긴 하지만 말이다.

캘러밴 거짓말 마시오. 당신은 내게 아무것도 가르쳐 준 것이 없소이다. 당신의 언어로 조잘거리는 법을 가르쳐 당신의 심부름이나 하도록 만들었을 뿐이지. 땔감을 해오고, 접시를 닦고, 먹거리로 물고기를 잡아 오고, 채소를 심는 따위의 잡일들이나 하도록 만들었을 뿐이오. 이 모두 당신이 게을러 당신의 일을 내가 대신 해준 것이외다. 당신이 자랑하는 지식이라는 것도 마찬가지외다. 당신이 언제 한 번이라도 그 지식을 나와 나눈 적이 있소이까? 당신은 당신 자신만을 생각했을 뿐이오. 과학도 당신 자신만을 위해서 그 커다란 책자 속에 처박아 두고 있었을 뿐이오.

프러스퍼로 내가 없었다면 지금 네놈이 어떻게 되었을지 생각이나 해보았느냐?

캘러밴 당신이 없었다면? 난 왕이 되었을 것이오. 난 원래 이 섬의 왕이 될 인물이었으니까. 그건 내 어머니 시커락스가 내게 남겨 준 자리외다.

프러스퍼로 족보 중에는 굳이 떠받들지 않으면 않을수록 좋은 족보가 있느니라. 바로 네놈의 족보가 그러하니라. 네 어미는 사탄이었다. 죽음의 딸, 마녀 말이다. 오, 하나님!

캘러밴 죽든 살든 어머니는 어머니외다. 그걸 어찌 부정할 수 있겠소이까? 당신 생각엔 이 땅이 죽어 있으므로 우리 어머니가 죽은 것처럼 생각하고 있지만, 그건 그렇게 단순한 게 아니올시다. 당신은 정복자의 발로 죽음의 땅을 밟고 서서 그것을 유린하고 있소이다. 그러나 나는 땅을 사랑합니다. 왜냐하면 땅은 결코 죽지 않기 때문이외다. 내 어머니 시커락스도 결코 죽지 않소이다.
내 어머니, 시커락스여!
뱀과 비와 번개여!
나, 사방에서 당신들을 봅니다.
나를 돌아보는 썩어 가는 웅덩이의 눈 속에서도,

골풀들 속에서도,

꾸불거리는 나무뿌리와 곧 피어날 이파리 속에서도.

천리안을 가진 맹목의 밤,

코를 가지고 있지 않아도 모든 냄새를 맡을 수 있는 그 밤에도.

종종 내 어머니께서는 꿈속에 나타나서 계시를 주곤 하십니다.

어제도 그랬습니다. 흙탕물에 배를 깔고 누워 있었는데, 어떤 괴물이

커다란 돌을 손에 쥐고 나를 막 덮치려고 했습니다…….

프러스퍼로 네놈이 계속 그따위로 나가면, 큰 코를 다치게 될 것이다.
네놈의 마술이 효력을 잃어 곤경에 빠진 네놈을 구해 내지 못하게 될
테니 말이다.

캘러밴 옳소, 옳소이다. 당신 같은 신사들은 초면에는 대체로 듣기 좋
은 말만 하지요. 사랑하는 캘러밴, 이리로! 오, 귀여운 캘러밴, 저리로!
하면서 말이오. 당신, 만약 내가 없었다면, 이 물설고 낯선 땅에서 어
찌 되었을 것 같소? 배은망덕도 유분수지. 내 당신에게 나무의 이름
과 과일, 새, 계절의 이름을 일일이 가르쳐 주었건만, 은혜를 원수로
갚다니……. 뭐, 캘러밴, 짐승 같은 놈이라고? 캘러밴이 몸종이라고?
난 당신들의 흉계를 잘 알지. 오렌지에서 즙을 다 짜내고 나면 그 껍
질을 버릴 것이란 걸.

프러스퍼로 오!

캘러밴 내가 거짓말을 하고 있다고 생각하오? 내 말이 틀렸오? 당신이

나를 집에서 쫓아내 지저분한 동굴 속에 처넣은 게 사실 아니오? 난민촌 같은 곳에 말이오.

프러스퍼로 "난민촌"이라! 말을 쉽게 하시는군. 네놈이 청소만 제대로 해도 거긴 난민촌이 아니야. 말이 나온 김에 한마디 더 하지. 내가 왜 네놈을 내쫓았는지 알아? 바로 네놈의 욕정 때문이지. 세상에! 감히 내 딸을 겁탈하려 들다니!

캘러밴 겁탈! 겁탈이라! 잘 들으시오, 이 늙은 염소 같은 인간아! 그렇게 더러운 생각을 내 머릿속에 집어넣은 자가 누구요? 바로 당신 아니오? 난 당신 딸과 당신의 소굴을 최선을 다해 보살폈을 뿐이오. 혹 내가 불평을 했다면, 그건 어떤 원칙 때문이었을 거요. 내가 실은 당신들과 함께 살고 싶지 않았다는 원칙 말이오.

프러스퍼로 내, 말싸움이나 하자고 네놈을 부른 게 아니니라. 썩 꺼지거라! 가서 일이나 하도록 해라. 나무도 해오고, 물도 길어 오거라. 아주 많이. 오늘 손님들이 오실 테니.

캘러밴 이미 충분히 갖다 놓았소이다. 땔감이 산처럼 높이 쌓여 있소이다.

프러스퍼로 충분하다고? 네 이놈, 캘러밴! 네놈이 계속 주둥이를 그딴 식으로 놀리면, 내 매를 들 것이니라. 바쁜데 부지런히 움직이지 않고 미적거리거나 혹 파업이나 태업을 벌이면, 내 너를 용서치 않을 것이니라. 네놈이 생각하는 것보다 훨씬 더 가혹하게 네놈을 벌할 것이니라. 명심하거라. 썩 꺼져!

캘러밴 좋소이다. 그러나 이번이 마지막임을 꼭 알아 두시오. 마지막, 알겠소? 아, 중요한 말을 잊을 뻔 했소이다.

<u>프러스퍼로</u> 중요하다고? 뭔데?

캘러밴 내 결심했소이다. 더 이상 나를 캘러밴이라고 부르지 마시오.

<u>프러스퍼로</u> 도대체 이놈이 뭐하자는 수작이야? 이해가 안 가는군!

캘러밴 앞으로 나를 부를 때 캘러밴이라는 이름으로 부르면 내 대답을 안 하겠소이다.

<u>프러스퍼로</u> 도대체 그따위 생각을 어떻게 하게 된 건가?

캘러밴 글쎄, 간단하오. 캘러밴이 내 이름이 아니기 때문이오.

<u>프러스퍼로</u> 그건 내가 네놈에게 준 이름 아니냐?

캘러밴 당신의 증오가 내게 준 이름이지. 그 이름을 들을 때마다 얼마나 수치감이 드는지 아시오?

<u>프러스퍼로</u> 지나치게 감정적으로 대응하는군! 좋다. 그럼, 새로운 이름을 대 봐. 내, 그 이름으로 불러 줄 테니. 뭐가 좋을까? 그래, 카니발이

좋을 것 같군. 네놈이 좋아할 거란 확신은 없지만. 어떤가? 아니면, 한 니발은 어떤가? 그거, 좋군! 그러고 보니 모두 역사적인 이름들이군!

캘러밴 날 X라고 불러 주시오. 그게 가장 어울릴 것 같소. 이름이 없는 인간이라는 뜻으로 말이오. 좀더 정확히 말하자면, 이름을 도둑맞은 인간이라는 뜻으로 말이오. 당신, 말끝마다 역사, 역사하는데, 이게 바로 역사요. 누구나 다 아는 역사 말이오. 당신이 내게 일장 설교를 늘어놓을 때마다 난 항상 한 가지 사실, 아주 기본적인 사실을 생각하오. 당신이 나의 모든 것, 심지어는 나의 정체성마저도 훔쳐 갔다는 사실 말이오. 우후루! (퇴장한다)

(바다 요정으로 변신한 에어리얼이 등장한다)

프러스퍼로 오, 나의 사랑하는 에어리얼! 캘러밴이란 놈이 날 쳐다보는 눈을 보았는고? 눈 속에서 이글거리던 그 증오를. 이런 건 처음이야! 내, 너에게 천명하노라. 이제부터 캘러밴은 우리의 적이라고. 배에 있는 자들과 관련해서는 내 마음이 바뀌었노라. 그자들을 공포에 떨게 해라. 그러나 명심할 것은 결코 그자들의 머리카락 한 올도 다치게 해서는 안 될 것이니라. 이 일을 끝내면 넌 보상을 받게 될 것이니라.

에어리얼 이 몸, 주인님의 명에 따라 그자들에게 고통을 맛보게 하는 일로 이미 마음이 많이 상했나이다. 저를 못 믿겠사옵니까, 주인님?

프러스퍼로 알겠노라. 하지만 그들의 죄질이 아무리 악질이라 해도 뉘우치는 기색을 조금이라도 보이거든, 그자들에게 나의 자비를 베풀도록 해라. 그자들은 내 친족들인데다 귀족들이니라. 내 나이가 되면 말다툼과 싸움질보다는 앞날을 생각하게 되어 있느니라. 게다가 내게는 딸이 하나 있지 않느냐? 알론조에게는 아들이 하나 있느니라. 만약 이 아이들이 서로 사랑하게 된다면, 나는 그들을 축복할 것이니라. 퍼디낸드와 미랜더를 결혼시켜 화해와 평화를 회복하려는 것이 내 계획이니라. 나는 그것을 지금 실현시키려 하는 것이니라. 캘러밴이라는 놈과 관련해서는 그 악마 같은 놈이 무슨 음모를 꾸미던 그건 내 알 바가 아니니라. 이태리의 귀족과 나폴리, 그리고 밀라노의 가문이 연대하면, 내 몸 하나쯤이야 보호해 주지 않겠느냐? 자, 가거라!

에어리얼 예, 주인님! 성심을 다해 명을 수행하겠나이다.
(에어리얼 노래를 부른다)

모래 해변, 깊고 푸른 하늘,
파도는 높고, 바다 새는 날도다.
여기 한 연인이 기쁨을 구하도다.
정오의 태양과, 자정의 달을 구하도다.
연인들이여, 손을 잡아라, 춤을 추어라,
위안을 찾고, 로맨스를 즐겨라.

모래 해변, 깊고 푸른 하늘,
근심이 사라지나니……. 나 또한…….

퍼디낸드 이게 무슨 노래야? 이 노랫소리를 따라 여기까지 왔는데 이제 들리지 않는구나……. 아, 저쪽에서 다시 들리는구나…….

에어리얼 (노래를 부른다)
바다가 움직이고, 대양이 넘치도다.
오는 이, 가는 이 아무도 없나니…….
낯선 날들이 우리 앞에 있도다…….

굴들은 진주 빛 눈망울을 쏘아 대고
하트 모양의 산호들은
투명한 심해에서 부드럽게 춤을 추도다.

바다가 움직이고, 대양이 넘치도다.
오는 이, 가는 이 아무도 없나니…….
낯선 날들이 우리 앞에 있도다…….

퍼디낸드 대체 이게 꿈인가, 생시인가? 도대체 누구신가? 선녀이신가, 사람이신가?

미랜더 보아하니 호색한이시군요. 이런 처지에서도 용기를 내어 그렇게 아첨을 해대는 걸 보니 말입니다. 그런 당신은 누구세요?

퍼디낸드 보시다시피 난파를 당한 불쌍한 영혼이올시다.

미랜더 지체가 높다는 바로 그분이시로군요!

퍼디낸드 어떤 곳에서는 나를 "왕자님", "황태자님"이라고 부르지요. …… 그러나 지금은 아니외다. 내, '왕'이신 아버님을 잃어버렸거든요. 저 바다에서 말이지요.

미랜더 참 안됐군요. 여기서 편안히 쉬세요. 최선을 다해 당신을 보살펴 드릴게요.

퍼디낸드 불쌍한 아버님! 이 불효자식을 용서하십시오. 그래도 당신이 계시니 이토록 큰 슬픔도 다소 위안이 되는구려.

미랜더 이곳에서 편히 쉬시길 바랄게요. 참 아름다운 섬이죠. 당신께 해변도 숲도 가르쳐 드리지요. 과실과 꽃들의 이름도요. 곤충들과 온갖 도마뱀 그리고 새들의 세계도 당신께 가르쳐 드릴 거예요……. 아마 상상도 하실 수 없을 거예요. 아, 새들!

프러스퍼로 그만하거라, 아가야! 내, 너희들의 대화를 들었는데 몹시 거슬리는구나……. 도가 지나치단 말이다. 저자가 누구인 줄 알고 은혜를 베풀려 하느냐? 젊은이, 보아하니 자네는 반역자, 염탐꾼, 난봉꾼이로다! 바다에서 죽을 고비를 넘기자마자 처음 만난 여자를 희롱하다니! 내 눈은 못 속인다. 내 자네를 이곳으로 안전하게 데리고 왔느니라. 인력이 좀 필요하거든. 자네는 내 몸종이 될 것이니라.

퍼디낸드 숲 속의 그 어떤 요정보다도 아리따운 저 낭자를 보고 내 잠시 나우시카 섬의 오디세이가 아닌가 착각했을 뿐이외다. 그런데 당신을 보니 내 처지가 어떤지 조금 알 것 같군요……. 내, 야만인이 사는 섬에 난파되어 잔인한 해적의 손아귀에 붙잡혀 있다는 걸 말이오. (칼을 뽑는다) 그렇지만, 군자는 명예를 더럽히느니 차라리 죽음을 택하는 법. 난 내 자유의 삶을 수호할 테요.

프러스퍼로 어리석은 놈! 네 팔뚝에서는 힘이 점점 빠지고, 네 무릎은 점점 떨릴 것이니라. 배신자, 이놈! 내 지금 당장 네놈의 목을 벨 수도 있느니라……. 그러나 내겐 사람이 필요해. 당장 나를 따르라.

에어리얼 저항해 봐야 소용없소, 젊은이. 우리 주인님은 마법사외다. 그대의 패기와 열정으로는 우리 주인님을 제압할 수 없소이다. 그러니 우리 주인님을 따르고 복종하는 일이 최선이외다.

퍼디낸드 제기랄! 무슨 마법이 이래? 타향 만 리까지 와서 남의 몸종이 될 운명인데, 그 일이 그다지 싫지 않다니 이 무슨 운명의 조화인가! 하늘이 내게 내 운명의 태양을 하루에 한 번씩만 비추어 주리라는 보장만 있어도 내 평생 감옥에 갇혀도 좋으련만. 잘 있거라, 나우시카 섬이여!

(모두 퇴장한다)

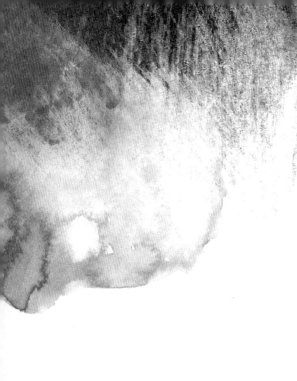

어 떤

태 풍

2

막

1장

캘러밴의 동굴. 캘러밴은 일을 하며 노래를 부르고 있다. 이때 에어리얼이 들어온다. 에어리얼은 잠시 캘러밴의 노래를 듣는다.

캘러밴 (노래를 부른다)

생고* 신의 허락 없이 옥수수를 먹는 자

저주를 받을지어다! 생고 신께서

그자의 발톱 밑으로 기어들어 가 그자의 살을 파먹을지어다!

생고 신이시여, 오 생고 신이시여!

그자에게 여지를 주지 마십시오!

그자는 당신의 코 위에 올라가 둥지를 틀 것입니다.

그자를 당신의 처마 밑에 두지 마십시오!

그자는 당신의 처마를 찢어 모자로 만들어 쓰고 다닐 것입니다.

생고 신을 잘못 인도하는 자

저주를 받을지어다!

생고 신이시여, 오 생고 신이시여!

에어리얼 잘 있었는가, 캘러밴. 난 자네가 내게 관심이 그다지 많지 않다는 걸 잘 아네. 하지만 우리는 형제 아닌가? 고통을 함께 나눈 형제, 함께 노예가 된 형제 말일세. 그러나 동시에 희망을 함께 도모해 가는 형제 말일세. 자네나 나나 우리 모두는 자유를 꿈꾸고 있지 않은가? 물론 그 방법은 다르지만.

캘러밴 안녕하신가, 에어리얼. 왜 그런 고백을 이제야 하시는가? 어서 오게, 지옥의 사자! 그 늙은이가 자네를 보낸 게로구먼. 그렇지 않은가? 큰일을 맡으셨구먼! 주인님의 생각과 주인님의 위대한 꼼수를 대행해 주는 일, 거 중요한 일이지.

에어리얼 아닐세. 내 의지대로 왔을 뿐일세. 자네에게 일러둘 일이 있어서. 프러스퍼로가 자넬 혼내 주기 위해서 아주 흉악한 일을 꾸미고 있다네. 자네에게 이 일을 미리 알려 줘야 할 것 같아서 왔네.

캘러밴 그 늙은이의 어떤 흉계에도 맞서 싸울 준비가 되어 있네, 나는.

에어리얼 이봐, 캘러밴! 자넨 그를 이길 수가 없어. 자네도 잘 알고 있지 않나? 자네가 그를 힘으로 능가할 수 없고, 앞으로도 그럴 것이라

---

* 생고(shango): 카리브 해 부근에 남아 있는 아프리카 종교의식을 말한다.

는 사실을 말일세. 그와 싸워 봐야 득 될 게 뭐 있나?

캘러밴 그건 자네 자신을 돌이켜 보면 알 수 있네. 그자의 수족처럼 지낸 자네가 얻은 게 뭔가? 자네의 그 굴종적인 인내와 노역이 자네에게 가져다준 게 뭐냔 말일세? 그 늙은이의 요구는 날이 갈수록 더해 가고 게다가 하루가 멀다 하게 제왕적으로 변해 가고 있지 않은가?

에어리얼 그건 그렇지만, 난 최소한 한 가지는 이루었네. 그자가 나를 자유롭게 해주겠다고 약속을 했거든. 물론 먼 훗날의 일이지만 말일세. 하지만 그자에게 그 약속을 받아 낸 건 이번이 처음이었어.

캘러밴 말하기는 쉬운 법이지! 그자는 앞으로 자네에게 골백번도 넘게 그 약속을 남발할 걸세. 동시에 수천 번도 넘게 그 약속을 파기하면서 말이지. 어쨌든 난 미래에는 관심이 없다네. 내가 진정 원하는 것은 (큰 소리로) '지금 당장 자유를 달라'는 것일세.

에어리얼 좋아. 하지만 자네가 '지금 당장' 그자로부터 자유를 획득하는 일이 가능하다고 보는가? 자네보다 훨씬 힘이 센 그자를 상대로 말이야. 난 그자의 화약고에 뭐가 들어 있는지 잘 알아. 그 점에서는 내가 자네보다 유리하지.

캘러밴 나보다 힘이 세다고? 그걸 자네가 어떻게 아는가? 힘이 약하면 다른 많은 묘안을 고안해 싸우면 되는 거지. 그러나 비겁한 자에게는 싸움 자체가 불가능하지.

에어리얼 난 폭력을 선호하지 않네.

캘러밴 그럼, 자넨 뭘 선호하는가? 비겁함? 자포자기? 무릎 꿇고 살살 빌기? 아니면, 이거로구면. 오른쪽 뺨을 맞으면 왼쪽 뺨을 내밀기. 왼쪽 궁둥이를 차이면 오른쪽 궁둥이를 내밀기…… 그렇게 하면 최소한 상대방의 비위는 건드리지 않을 수 있겠지. 그러나 그건 나 캘러밴의 길이 아닐세……

에어리얼 나 역시 그걸 의도하는 건 아닐세. 난 단지 폭력도 무저항도 신뢰하지 않는다는 뜻일세. 내 말을 잘 들어 보게. 우리는 프러스퍼로를 변화시켜야 하네. 그의 냉정함을 분쇄하여 그로 하여금 그가 우리에게 저지른 부정을 인정하고 그것을 스스로 거두도록 만들어야만 하네.

캘러밴 물론…… 그건 중요한 일이지! 프러스퍼로의 자의식을 회복시켜 주는 일 말일세. 그러나 문제는 그 교활한 늙은이 프러스퍼로에겐 자의식이 없다는 점이네.

에어리얼 맞아. 그 때문에 그자에게 자의식을 심어 주자는 거지. 나는 나 자신만의 자유를 위해서 싸우고 싶진 않네. 자네의 자유와 프러스퍼로의 자유를 위해서도 싸우고 싶다네. 프러스퍼로에게 자의식을 돌려주는 일이 내겐 중요한 일일세. 나를 도와주게, 캘러밴.

캘러밴 이보게, 난 가끔 자네가 정신이 제대로 박힌 친구인지 의심스러울 때가 있다네. 프러스퍼로에게 자의식을 돌려준다고? 차라리 길가의 돌멩이를 보고 꽃이 피기를 기대하는 게 낫지 않을까?

에어리얼 내 자네와 무슨 일을 도모할 수 있겠는가? 난 이따금 이런 꿈을 꾼다네. 아주 흥분이 되는 꿈이지. 언젠가 프러스퍼로와 자네 그리고 나 이렇게 셋이서 형제처럼 함께 놀라운 세계를 건설하는 거지. 각자가 인내, 정력, 사랑, 의지 그리고 절제 등 자신의 특기를 살리면서 말이야. 이런 꿈이 이루어지지 않는다면 인류의 미래는 암담할 걸세.

캘러밴 자네는 프러스퍼로에 대해서 아는 것이 단 한 가지도 없구먼. 그자는 누군가와 힘을 합해 긍정적인 그 무언가를 도모하는 자가 아닐세. 그는 누군가를 제거하고 나서야 그 무언가를 느끼는 자일세. 다시 말해, 안하무인의 파괴자란 말일세. 그런 그자에게 형제애를 운운한다?

에어리얼 그럼 어쩌겠다는 건가? 전쟁이라도 선포하자는 건가? 실제로 전쟁을 선포한다 해도 우리가 그를 이길 수 없다는 건 자네도 잘 알지 않는가?

캘러밴 난 능멸과 부당한 대우를 당하느니 차라리 죽음을 택하겠네. 어쨌든 난 자네에게 유언을 남기겠네. 기회가 사라지기 전에 말일세. 만약 내가 패하고 모든 게 끝나게 되면 내게 자네가 가지고 있는 지옥의 분말 가루 몇 통을 뿌려 주시게. 푸른 하늘을 날 때 자네는 보게 될 것일세. 이 섬과 내가 어머니께 물려받은 유산, 그리고 나의 소일거리

가 박살 나는 장면을 말일세……. 장담컨대, 그 속에 나와 프러스퍼로
가 함께 있을 것이네. 자네 불꽃놀이 좋아하나? 좋아하길 바라네. 그
불꽃놀이 속에 내 이름 석 자가 드러날 걸세. 캘러밴이라고.

에어리얼 모두 제각각이로구먼. 누구의 장단에 춤을 춰야 한단 말인
가? 자넨, 자네의 생각대로 하게. 난 내 생각대로 할 테니. 잘되길 비
네, 친구.

캘러밴 잘 가게 에어리얼, 내 형제여. 행운을 비네.

2장

곤잘로 아름다운 섬이로다! 나뭇가지에 빵이 달려 있고 살구가 아낙의 가슴보다 크도다!

시배스천 거침이 없고 다듬어지지 않은 섬이로다! 여기저기.

곤잘로 그 정도는 괜찮소이다. 여기 어딘가 독초가 있다면, 또 다른 어딘가에는 해독제도 있을 것 같소. 자연이란 원래 조화로운 것이니 말이오. 어디선가 본 기억이 나는데 구아노^{guano}가 황폐한 땅에는 그만이라 하더이다.

시배스천 구아노? 그게 무슨 동물 이름이오? 혹시 이구아나를 잘못 말씀하신 것 아니오?

곤잘로 이보시오, 젊은 친구. 내가 구아노라고 하면 구아노인 거요. 구아노는 수백 년 동안 차곡차곡 쌓여 묵은 새똥을 말하는 것이오. 지금

까지 지상에 알려진 비료 중에서 가장 훌륭한 비료외다. 동굴에 가면 구할 수 있소이다……. 내 생각엔 우리 각자가 뿔뿔이 흩어져 이 섬에 있는 모든 동굴을 뒤져 구아노를 찾아보는 것이 어떨까 하오. 만약 우리가 이 섬을 잘 개간한다면 나일 강의 이집트보다 더 기름진 옥토로 만들 수 있을 것 같소.

앤토니오 그러니까 구아노 동굴이란 게 새똥이 말라붙어 긴 강을 이루고 있는 곳을 말하는 것이오?

곤잘로 지금 우리에게 필요한 것은 그 강에 길을 내고 물을 끌어들여 이 섬을 그 놀라운 비료로 가득 채우는 일이오. 그러면 아무거나 뿌려도 쑥쑥 잘 자랄 테니까.

시배스천 그렇게 하려면 일손이 많이 필요할 텐데요? 이 섬에 사람이 살기나 하는 걸까요?

곤잘로 바로 그 점이 문제외다. 그러나 만약 이 섬에 사람이 산다면, 그 사람들은 매우 놀라운 사람들일 거요. 섬이 이렇게 아름다운데, 사람들이야 오죽하겠소?

앤토니오 암요, 그렇고말고요!
날렵하고 튼튼한 몸을 가진 사내들과
순진무구한 눈망울을 가진 아낙들…….
이곳 사람들이 그럴 것이오…….

곤잘로 그럴 것이오. 꽤 문학적이시구려! 그러나 조심해야 하오. 모든 책임은 우리에게 있으니까 말이오.

시배스천 어째서 그랬소?

곤잘로 내 희망대로 이 섬에 사람이 살고 있다고 칩시다. 우린 이 섬을 정복하게 될 것이외다. 그게 내 바라는 바이기는 하지만, 조심해야 한다는 게지요. 지난 세월 우리가 급하게 이룬 것들, 다시 말해 우리가 지금 문명이라는 이름으로 부르는 것들을 좀 조심스럽게 이 섬으로 가져올 필요가 있다는 뜻이오. 이곳의 원주민들은 그냥 그렇게 고상하게 놔두는 게 좋을 것 같다는 얘기오. 자유롭고 열등감이 없는 순진무구한 원주민으로 말이오. 영원한 젊음의 비밀을 간직하고 있는 우물처럼 말이오. 쭈글쭈글 늙어 가고 도시화되어 가고 있는 우리의 가련한 영혼들을 회춘시켜 줄 수 있는 그런 우물처럼 말이오.

알론조 곤잘로 경, 언제쯤 그 입을 다물 참이오?

곤잘로 예, 폐하. 신이 폐하를 지루하게 했다면, 통촉하여 주시옵소서. 신은 다만 폐하의 관심을 다른 곳으로 돌려 슬픔을 잊게 할 목적으로 주절주절 입을 놀렸나이다. 이제 침묵하겠나이다. 이 늙은이가 주책이 심해서 그만. 아이고! 폐하께서 허락하신다면……이 늙은이 좀 앉아야겠습니다.

알론조 그렇게 하시오, 곤잘로 경! 짐을 비롯해 우리 모두가 경보다는

어리지만 같은 처지에 있소이다.

곤잘로 다시 말해, 지치고 배가 고프다는 말씀이시로군요.

알론조 인간의 한계를 넘어선 경험이 좀체 없는 터라.
(낯설고 경건한 음악이 들린다)
들리는가, 들리는가? 저 소리가 들리는가?

곤잘로 예, 폐하. 처음 듣는 가락이옵니다.

(프러스퍼로가 들어온다. 무리들 눈에는 프러스퍼로가 보이지 않는다. 다른 기이한 인물들도 식탁을 들고 함께 들어온다. 이들은 춤을 추다가 아주 예의 바르게 왕과 그 일당들을 식탁으로 초대한다. 그러고는 사라진다)

알론조 하늘이 우리를 도우시도다! 풍악도 들려주시고!

곤잘로 저 놀라운 자비와 놀라운 풍악! 음, 모든 게 아주 특별하구먼!

시배스천 모두 사라졌나이다. 없어져 버렸다고요. 그러나 무슨 상관입니까? 이렇게 푸짐한 음식을 두고 갔는데! 이렇게 먹음직스러운 음식은 처음입니다. 자, 다들 드시지요.

알론조 자, 다들 이 만찬을 즐깁시다. 비록 이것이 마지막 만찬이라 할지라도 말이오.

(먹을 채비를 한다. 이때 요정들이 희희낙락 농을 주고받으며 들어와 식탁을 치운다)

곤잘로 차라리 잘됐소이다.

알론조 아무래도 우리가 뭔가에 홀린 것 같소. 누군가 우리와 고양이와 쥐처럼 숨바꼭질 놀이를 하고 있는 것 같다는 말이오. 누군가에게 일방적으로 노출되어 있는 것만큼 끔찍한 일도 없소.

곤잘로 정작 놀랄 일은 지금부터 시작이 아닌가 사려되옵니다. 그래도 표를 내지 않는 것이 도움이 될 듯하옵니다.

(요정들이 먹거리를 들고 다시 등장한다)

알론조 오, 이번에는 입도 대지 않을 테다.

시배스천 저는 배가 고파 도저히 안 되겠어요. 체면 따위는 포기해 버리겠다고요.

곤잘로 (알론조에게) 왜 안 드십니까? 아마도 우리를 지켜보고 있는 누군가가 우리를 불쌍히 여겨 은혜를 베풀고 있는 듯하옵니다. 탄탈로스*는 수백 번 무너져도 또 일어서지 않았습니까?

알론조 그 고통이 얼마나 심했겠소? 짐은 이 음식에 손도 대지 않을 것이오.

프러스퍼로 (여전히 보이지 않는다) 에어리얼, 저자의 고집이 영 마음에 들지 않는구나. 저자들의 혼을 빼어 음식을 먹도록 만들라.

에어리얼 왜 우리가 그런 수고를 해야 합니까? 먹지 않으면 저절로 굶어 죽을 텐데 말이지요.

프러스퍼로 아니다. 저들로 하여금 음식을 먹도록 만들라.

에어리얼 일방적이시군요. 방금 전만 해도 주인님께서는 저로 하여금 저들이 음식을 먹지 못하도록 빼앗으라고 하지 않으셨나이까? 그런데 이제 와서 저들이 음식을 먹지 않겠다고 하는데도 억지로 먹이라 하시니.

프러스퍼로 그만하면 됐다, 입 닥쳐라! 내 마음이 바뀌었노라. 저자들은 음식을 거부하면서 나를 모욕하고 있다. 닭장 속의 닭들처럼 내 손아귀의 모이들을 받아먹어야 내 직성이 풀릴 텐데 말이다. 내게 복종한다는 의미로 말이다.

에어리얼 먹는 걸 가지고 저자들의 좌절과 희망을 희롱하는 건 잔인한 짓입니다.

프러스퍼로 그것이 바로 권력의 길이다. 나는 곧 권력이니라.

---

*탄탈로스(Tantalos): 그리스신화에 나오는 제우스의 아들로, 신들의 비밀을 누설한 죄로 지옥의 못에 박힌다.

(알론조와 그 일당이 먹기 시작한다)

알론조 아니, 내가 뭘 하고 있는 거야? 조금 전 정신이 멀쩡할 때까지만 해도……

곤잘로 폐하, 그것이 바로 폐하의 문제입니다. 생각이 너무 많으시다는 것 말입니다.

알론조 그러니 경은 나보고 행방불명이 된 내 자식 생각도 말란 말이오? 내 왕좌와 내 나라에 대한 생각도?

곤잘로 (음식을 먹으며) 아, 왕자님! 왕자님을 꼭 찾아야 할 텐데! 나머지는…… 폐하, 이 지저분한 소굴이 현재로서는 우리의 모든 것입니다. 왜 앞날을 내다보지 못하십니까? 그러니 폐하, 만약 생각이 많아지시면 과감하게 그 생각을 잘라 버리십시오.

(무리들이 먹기 시작한다)

알론조 그렇게 하겠소! 잠시 눈을 붙여야겠소. 자고 나면 모든 걸 잊을 수 있겠지.

곤잘로 좋은 생각이십니다. 그물 침대를 펴 드리겠습니다.

(모두 잠을 잔다)

3장

앤토니오 저 징그러운 거머리들 좀 보시오. 세상 모르고 코를 드르렁 드르렁거리며 잠에 빠진 천치 같은 꼬락서니들을 말이오. 꼭 바닷가 의 해파리들 같소이다.

시배스천 쉬잇! 저기 폐하가 계시오. 저기 저 흰 수염의 소유자는 폐하 가 좋아하는 책사요.

앤토니오 왕이면 그의 무리가 잠들어 있을 때 그 무리를 지켜 주어야 하는 것 아니요? 그런데 저 왕은 자기가 잠들어 있으니. 단도직입적 으로 말해 왕이 아닌 것 같소이다. (퉁명스럽게) 특별한 대책도 없이 저렇게 잠만 퍼질러 자고 있는 왕이 보이시오? 저 왕과 피를 나눈 경 도 참 안됐구려!

시배스천 난 피를 나눈 게 아니라 물만 나누었을 뿐이외다.

앤토니오 물을 모욕하지 마시오. 내 자신을 돌아볼 때마다 난 항상 내가 더 낫다고 생각하오. 저기 있는 저 양반보다 말이오. 내겐 내공이란 것이 있소. 나의 진정한 힘이오. 물론 백성들이 인정한 힘은 아니지만.

시배스천 좋소. 그럼 나는 썩은 물이라고 해둡시다.

앤토니오 물은 절대 썩는 법이 없소이다. 끊임없이 움직이기 때문이외다. 우리의 마음속에서 말이외다. 인간이 자신의 분수를, 진정한 자아를 발견하게 되는 일도 물 때문이외다. 나를 믿으시오. 천재일우의 기회이외다. 이번 기회를 놓치면 경은 평생 후회할 것이외다. 두 번 다시 오지 않을 기회이기 때문이외다.

시배스천 무슨 얘기를 하는 거요? 어떻게 감히 그렇게 무시무시한 이야기를!

앤토니오 잘 생각해 보시오. 바람에 흔들리는 저 나무를 보시오. 코코넛 나무 말이외다. 시배스천 경, 내 생각엔 지금이 저 코코넛 나무를 흔들 절호의 기회외다.

시배스천 진정 이해가 안 가는구려.

앤토니오 거짓말 마시오! 내 입장을 잘 헤아려 보시오. 나는 밀라노의 대공이외다. 나 역시…… 내게도 형님이 한 분 계셨다오. 프러스퍼로 대공이 그분이시오. 내가 지금 앤토니오 대공이 된 것은 바로 코코넛 나무를 흔들 때가 어느 때인지를 알았기 때문이오.

시배스천 그럼 프러스퍼로는?

앤토니오 그걸 몰라서 묻소? 코코넛 나무를 흔들면 당연히 누군가는 떨어지게 되는 것이오. 분명한 것은 떨어진 자가 내가 아니었다는 사실이오. 내 여기 있으니 말이오. 경을 보좌하고 돕기 위해서 말이오, 폐하!

시배스천 그만두시오. 폐하는 내 형님이올시다. 내 양심이 허락하지 않을 것이오……. 좋소이다. 그럼 경이 왕을 맡으시오. 내 저 늙은이를 맡을 테니.

(각각 칼을 뽑아든다)

에어리얼 멈추어라! 이 대역무도한 자들아! 헛된 역모를 꾸미다니. 그대들의 칼들은 마법에 걸렸노라. 하여 그대들은 그 칼들을 집을 수 없을 것이노라.

앤토니오·시배스천 이런 제기랄! 안타깝도다!

에어리얼 잠든 이들이여, 깨어나라! 깨어나라! 그대들의 운명이 위태롭도다. 긴 이빨과 검을 가진 이들이 있어 소리 없이 잠든 자들을 영원히 잠들게 하려 하도다.

(알론조와 곤잘로가 깨어난다)

알론조 (눈을 비비며) 무슨 일인가? 짐이 묘한 꿈을 꾸었노라.

에어리얼 꿈을 꾼 것이 아니옵니다. 여기 이 훌륭한 경들이 폐하를 상대로 아주 끔찍한 대역무도를 저지르려 했나이다. 폐하! 하늘이 도우시어 폐하께 기적을 베풀었나이다. 존귀하신 폐하께 말입니다.

알론조 난 하나님께 단 한 번도 올바른 예를 표한 적이 없는데…….

에어리얼 제가 드리려는 다음 소식이 폐하께 얼마나 큰 충격을 줄지 염려가 되옵니다만, 저를 이곳에 보낸 분을 알려 드리지요. 바로 프러스퍼로 대공이십니다.

알론조 프러스퍼로 대공이라고? 아, 이제 살았도다!
(무릎을 꿇는다)

에어리얼 폐하께서 어떻게 느끼실지 알 것 같사옵니다. 프러스퍼로 대공은 살아 계십니다. 이 섬을 통치하고 계시지요. 폐하께서 호흡하시는 이곳의 공기와 그 영령도 통제하고 계시고요……. 일어서십시오……. 더 이상 두려워하실 필요 없나이다. 대공께서 여러분들을 다시 버리시려고 목숨을 살려드린 게 아니니까요. 그 정도로 과거의 죄를 속죄하셨으니 충분하나이다. 제가 보았나이다. 그 속죄가 얼마나 깊고 진실한지를 말입니다. (앤토니오와 시배스천에게) 경들의 죄에 대해서도 대공께서 용서하셨나이다. 물론 한 가지 조건이 있습니다. 계획하시던 역모를 거두신다는 조건으로 말입니다. 그건 헛된 일이외다.

시배스천 (앤토니오에게) 불행 중 다행이올시다.

앤토니오 사람의 명이라면 분연히 일어나 저항하겠지만, 사탄과 마법사의 명을 어찌 거부할 수 있으리오. 그 명을 따르는 일에 어찌 부끄러움이 있으리오. (에어리얼에게) 우리는 프러스퍼로 대공의 충직한 종이외다. 그분께 우리의 감사를 전해 주시오.

곤잘로 이런 고약한지고! 말만 번지르르하게 한다고 죄가 씻어지는고? 겉으로만 하는 뉘우침은…… 의미가 없소이다. 진정한 속죄를 해야지요. 내가 무슨 말을 하는지 알아들으면서 왜 모른 척 하시오? 속죄, 진정한 속죄를 하란 말이외다. 벌을 받을까 두려워 뉘우치는 척을 하여 하나님을 노하게 한 죄를 속죄하란 말이외다. 진정한 속죄는 이런 것이외다. 죄를 범하여 하나님을 슬프게 한 일을 진정으로 뉘우치는 일 말이오.

에어리얼 정직한 곤잘로 경, 일을 명확히 해주셔서 감사드리나이다. 경의 훌륭한 말솜씨 때문에 내가 일을 덜었나이다. 게다가 군살이 없이 몇 마디 말로 우리 주인님의 생각을 일목요연하게 정리해 주셔서 더욱 감사드리나이다. 이들이 알아들었으리라 믿습니다. 자, 그럼 다음으로 넘어가겠나이다. 이 일의 종지부를 찍기 위해 주인님의 명을 받아 내 여러분께 고하나이다. 바로 오늘 내 주인님의 따님이신 미랜더 양의 약혼식이 거행됩니다. 축하해 주시기 바랍니다. 폐하! 폐하께는 좋은 소식이 될 것입니다…….

알론조 그럼, 내 아들과?

에어리얼 그렇습니다. 우리 주인님께서 분노의 파도로부터 그분의 생명을 구해 주시었지요.

알론조 (다시 무릎을 꿇으며) 축복 중의 축복이로다! 지위와 부 그리고 왕좌, 내 이 모든 것을 버리겠노라. 내 아들이 살아 돌아올 수만 있다면…….

에어리얼 저를 따르시옵소서.

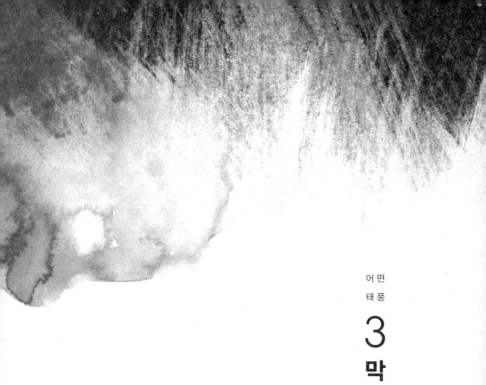

어 떤
태 풍

3
막

1장

퍼디낸드 (쟁기질을 하며 노래를 부른다)

인생 유전이라

나, 손에 쟁기를 들고

매일매일 일을 하도다…….

매일매일 쟁기질을 하느라

지쳐 가도다…….

캘러밴 참으로 불쌍하도다! 저자가 내 입장이 되면 무슨 말을 할까?

저자도 밤낮으로 일만 하는구나. 노래를 부를 때조차도.

언젠가는, 언젠가는, 언젠가는 승리할 것이다…….

위안해 줄 아리따운 여인 하나 없도다!

(미랜더가 다가오는 것을 본다) 아하! 뭐라 하는지 들어 보자.

퍼디낸드 (노래를 부른다)

인생 유전이라
나, 손에 쟁기를 들고
매일매일 일을 하도다…….

미랜더 오, 가엾어라! 도와 드릴게요. 이런 험한 일을 하실 분 같지 않으시군요.

퍼디낸드 낭자의 한마디가 이 세상 그 어느 것보다 위안이 되는구려!

미랜더 제 말 한마디가요? 그럼, 더 말을 해야겠군요. 아, 무슨 말을…….

퍼디낸드 이름을 말해 주세요. 그것뿐이에요. 이름이 뭔가요?

미랜더 그건 안 돼요. 그렇게는 할 수 없어요. 아버님께서 신신당부를 하셨거든요. 이름을 밝히지 말라고요.

퍼디낸드 제가 원하는 건 그것뿐이에요.

미랜더 그건 정말 안 돼요. 엄명이거든요.

캘러밴 (미랜더가 잠시 한 눈을 판 틈을 타서 퍼디낸드에게 미랜더의 이름을 속삭여 준다) 미-랜-더요!

퍼디낸드 좋아요. 그렇다면, 내 낭자에게 이름을 붙여 주리다. 이제부터 낭자의 이름은 미랜더요.

미랜더 너무 하시는군요! 그렇게 졸렬한 속임수를 쓰시다니! 아버님
께서 제 이름을 부르는 것을 들으셨군요……. 아니면 캘러밴의 그 멍
청한 잠꼬대를 들으셨거나. 나를 졸졸 따라다니며 내 이름을 부르는
캘러밴의 잠꼬대를 말이지요.

퍼디낸드 아니요, 미랜더 …… 난 내 명철한 눈썰미를 따랐을 뿐이오.
낭자가 관상을 믿듯이 말이지요.

미랜더 쉬잇! 아버님이 오십니다. 저와 농을 주고받았다는 이유로 벌
을 받지 않으셨으면 좋겠어요…….

퍼디낸드 (노래를 부르며, 다시 일을 시작한다)
그러나 운명이 바뀌어
매일매일 쟁기질을 하느라
나 지쳐가도다…….

프러스퍼로 열심이군, 젊은 친구! 처음 치고는 제법이야! 내 자네를 잘
못 본 것 같군. 나를 충실히 섬기면 자네는 패자가 아니라 승자가 되
는 걸세. 들어 보게, 젊은 친구! 인생에는 세 가지 목적이 있지. 그 첫
째가 일이요, 그 둘째가 인내이며, 그 셋째가 자비이니라. 이 세 가지
를 모두 지니면 세상은 자네 것이 되는 게지……. 이봐, 캘러밴! 내가
이 젊은 친구를 데려가겠네. 오늘 시킨 일을 충분히 했으니 말일세.

네놈은 가서 내가 명한 일이 제대로 끝났는지 알아보거라.

캘러밴 내가?

프러스퍼로 그래 네놈 말이야! 어디 가서 어영부영 시간이나 축내지 말고 시키는 대로 하도록 하거라. 아니면 네놈에게 두 배의 일감을 줄 것이니라.

캘러밴 내가 왜 남의 일을 대신해야 하는지 모르겠소이다.

프러스퍼로 여기 주인이 누구냐? 네놈이냐 아니면 나냐? 듣거라, 이 짐승 같은 놈아! 네놈이 성실히 일하지 않는다면, 내 네놈에게 더 이상 희망을 걸지 않을 것이니라.

(프러스퍼로와 퍼디낸드가 퇴장한다)

캘러밴 꺼져라, 꺼져……. 내, 네놈의 코를 언젠가는 납작하게 해줄 것이다.
(노래를 부르며 일을 시작한다)

언젠가는, 언젠가는, 언젠가는 승리할 것이다…….
제기랄, 비가 오네! 엎친 데 덮친 격이로구먼…….
(갑자기 들리는 소리 때문에 캘러밴 긴장하기 시작한다) 들리는가? 폭풍 속에서 들리는 저 소리 말일세. 아하! 에어리얼인 모양이로구먼. 아니야, 에어리얼 목소리가 아닌데. 그럼, 누구 목소리지? 프러스퍼

로와 비슷한 늙은이의 목소리인데……. 혹시 그가 보낸 염탐꾼의 목소리 아냐? 좋아! 어디 한번 해보자고! 사람도 사물도 모두 나와 한번 붙어 보자 이거지? 어서, 덤벼……. 난 이런 일에 아주 익숙하다고. 인내심을 키우라고? 내겐 아직 남의 얘기야. 난 아직 누군가에게 공포의 대상이 되는 게 필요해. 프러스퍼로와 그가 요술을 부려 일으킨 태풍, 그리고 그자의 염탐꾼들은 모두 꺼져라……. 일곱 가지 저주에 걸린 바다도!

2장

트린큘로가 들어온다.

트린큘로 (노래를 부른다)

오, 버지니아 …… 날 위해 우시나요…….

(노래 계속된다)

다시 한번 말해 주오! 사랑하는 나의 버지니아! 이 트린큘로를 믿으
소서. 우리는 끔찍한 태풍, 아니 그 이상을 만났소이다. 맹세컨대, 승
선자들은 모두 익사했나이다……. 아무것도, 아무것도 남은 것이 없
나이다……. 이 불쌍하게 울부짖으며 떠도는 트린큘로만이 유일한
생존자이외다. 그것은 의문의 여지가 없나이다. 누군가 아리따운 여
자들과 살기 좋은 도시에서 벗어나서 저 태풍이 몰아치는 바다로 가
보자고 말하기 직전이었나이다. 비가 오고 있었지요! (손수레 밑에 숨
어 있는 캘러밴을 발견한다) 어, 인디언 아니야? 죽은 거야, 산 거야?

이 희한하게 생긴 종자들은 그 정체를 파악하기가 쉽지 않단 말이야! 얼쑤! 어쨌든, 나로서는 밑질 게 없지. 이자가 죽은 자라면 옷을 벗겨 집을 덮는 데 쓰거나 아니면 내 겉옷으로 걸쳐 입으면 그만이니까. 혹 산 자라면 붙잡아 유럽으로 데려가 돈을 버는 일에 사용하면 될 터이니! 곡마단에 팔면 돈을 많이 받을 수 있을 게다! 아니면, 시장에 내다 팔던가. 이게 웬 떡이냐! 우선 날씨가 따뜻해지고 태풍이 잠잠해질 때 까지만 이 섬에서 지내야겠어. (캘러밴이 덮고 있는 덮개 밑으로 기어 들어 가 그와 등을 맞댄다)

(스테퍼노가 들어온다)

스테퍼노 (노래를 부른다)
낙심한 인간들아,
낙심한 인간들아……. (노래 계속된다)
(술병을 꺼내 술을 마신다)
낙심, 낙심, 낙심한 인간들아……. (노래 계속된다)

천만다행이야! 아직도 술병에 술이 남았다니! 술이 내게 유일한 위안 이로다! 힘내라, 스테퍼노. 삶이 있는 곳에 갈증이 있고…… 갈증이 있는 곳에 삶이 있나니! (갑자기 덮개 밖으로 삐져나온 캘러밴의 머리 를 노려본다) 아니 이런, 이거 내 식으로 말하면 진디언^{Zindien} 아니야! (가까이 다가간다) 그래, 맞아! 바로 진디언이라고, 진디언! 바로 이거 야! 웬 횡재수냐 이거! 꽤 돈이 되겠는걸? 곡마단에 갔다 팔면 그만이겠는걸……. 수염 난 여자와 벼룩이 재주를 부리는 곳에 말이야. 이 진짜 진디언을 말이야. 카리브 해 출신의 이 원조 진디언을 말이야. 내, 천치가 아닌 다음에야 돈벼락을 맞겠구먼. (캘러밴을 만져 본다) 이런 꽁꽁 얼었네그려! 진디언의 정상적인 체온은 몇 도인지 모르지만, 이거 꽤 꽁꽁 얼었는걸! 혹시 깨져 버리는 건 아닌지 모르겠구먼. 생각만 해도 끔찍한 일이로다! 내 운 좋게 진디언을 발견했는데, 그자가 내 품에서 죽는다! 다 된 밥에 재 뿌리는 격 아니겠어? 아하, 좋은 수가 있다……. 이자의 입술 사이로 술을 밀어 넣으면 몸에 열이 오르지 않겠어? (캘러밴에게 술을 먹인다) 보라고……. 벌써 효과가 나타나잖아! 이 욕심쟁이가 술을 더 달라는군. 잠깐! 잠깐만! (손수레 주위를 돌다가 덮개 밖으로 나와 있는 트린큘로의 머리를 발견한다) 요런! 요것 보게! 머리가 두 개 달린 진디언이로구먼! 이런 제길! 이 대가리 두 개에 술을 다 부어 주면 난 뭘 마신담? 그래, 이 정도는 감수하자. 감수하고말고! 난 진디언을 잡았다고. 그것도 머리가 둘이나 달린 진디언을……. 샴쌍둥이 진디언처럼 대가리 두 개에 여덟 개의 발을 가진 진디언을 말이야. 이건 굴러들어 온 떡이라고! 드디어 난 부자가 된 거야! 이리 나오너라, 이 짐승 같은 놈아! 네놈의 대가리를 어디 한번 보자꾸나! (트린큘로에게 다가간다) 아니, 이거 어디서 많이 본 얼굴인데! 등대처럼 빛나는 저 코에…….

트린큘로 아니, 이 자식은…….

스테퍼노 저 빛나는 코는…….

트린쿨로 아니, 이 자식은. 이 세상에 똑같은 게 어찌 두 개가 있을 수 있겠는가?

스테퍼노 옳아, 옳아, 옳아……. 바로 이 작자로구먼……. 사기꾼 트린쿨로!

트린쿨로 아니, 자넨 스테퍼노 아닌가?

스테퍼노 오, 트린쿨로, 자네도 살아 있구먼! 이런 주정뱅이까지도 보살피시다니, 신의 은혜에 더욱 감복해야겠네, 자넨!

트린쿨로 허! 신이라 …… 아마도, 주신이겠지. 실은 난 술통을 타고 이 섬에 떠내려왔거든…….

스테퍼노 난 내 똥배를 물에 깔고 떠내려왔지……. 어쨌거나 결과는 마찬가지지. 그건 그렇고, 이자는 도대체 누군가? 진디언 아니야?

트린쿨로 나도 그렇게 생각한다네……. 그래 바로 진디언이야. 행운의 징표지……. 우리에게 뭔가 도움이 될 거야.

스테퍼노 술을 벌컥벌컥 마셔 대는 꼴을 보아하니 멍청이는 아닌 것 같아. 조금만 가르쳐야겠어. 물론 …… 불필요할 정도로 많이는 필요 없고. 써먹을 정도로만 말이야.

트린쿨로 저놈을 가르친다! 아서게! 저놈 혹시 말할 줄 아는 것 아냐?

스테퍼노 한마디도 못 들었는데? 저놈이 말을 할 줄 아는지 모르는지 알아내는 좋은 수가 있네. (주머니에서 술병을 꺼내 든다)

트린큘로 (스테퍼노를 막아서며) 여보게, 자네 진정 이 달콤한 과즙을 생면부지의 저 야만인 놈에게 주려는가?

스테퍼노 이런 이기주의자 같으니! 물러서게! 난 문명인의 임무를 마쳐야겠어. (캘러밴에게 술병을 내민다) 깨끗이 닦기만 했어도 이놈이 우리에게 쓸모가 더 많을 텐데! 자, 우리 이놈을 함께 이용해 먹자고! 이건 거래일세! (캘러밴에게) 쭉 마시게, 친구! 어서, 마셔, 마셔……. 쭉, 쭉! 옳지, 옳지! (캘러밴 술을 들이켠다) 더 마시게. (캘러밴 거절한다) 이제 갈증이 가셨는가? (스테퍼노가 마신다) 왜 난 항상 목이 마른 거야. (스테퍼노와 트린큘로가 마신다)

스테퍼노 트린큘로, 자네 알지. 내, 얼마나 배가 난파될까 봐 노심초사했는지 말일세. 결과적으로 그럴 필요가 없었던 것 같네.

트린큘로 그럼, 그럼. 어려움을 겪어 봐야 그 달콤한 뒷맛을 알 수가 있는 법이지…….

스테퍼노 무엇보다도 이번 일로 세상을 말아먹던 능구렁이 같은 작자들이 한번에 사라지게 되어 얼마나 속이 시원한지 모르겠네. 부디 모두 편안히 잠들길! 그러고 보니 자네는 그 작당들을 좋아하지 않았나? 왕족과 공작들 그리고 그 떨거지 귀족들을 말일세. 나 역시 그들을 최선을 다해 영접했지. 가끔 술도 얻어먹고 말이야……. 그래도 그 작당들 참, 참기 힘들더군! 내 말 이해하겠나? 자네는 이해하기 힘들 걸세. 여보게 트린큘로, 난 사실 공화정 신봉자야. 꽤 오랫동안 그런 신념을 가지고 있었다네……. 자네도 잘 알겠지만. 나는 백성을 우선 하는 정치, 다시 말해 공화정을 내 마음 깊숙이 신봉했지. 독재야 물 러가라!

트린큘로 앗, 그래! 그 말을 하니 생각이 나는군……. 만약 왕과 공작이 죽었다면, 이 근처에 왕관과 왕좌가 널부러져 있겠군. 그렇다면 먼저 잡는 사람이 임자 아닌가?

스테퍼노 옳아, 그렇군! 기발한데, 트린큘로! 그렇다면 내가 후계자가 되어 보위를 받자와 이 섬의 왕이 되어야겠군!

트린큘로 (냉소적으로) 자네가 보위에 오르시겠다? 하필 왜 자네인가? 내가 그 생각을 먼저 해냈으니 그 왕관은 내 것일세.

스테퍼노 이보게, 트린큘로! 그런 말도 안 되는 소리 말게. 정말, 냉정하 게 자네를 한번 되돌아보게. 왕이 뭐 아무나 되는 줄 아는가? 왕이 되 려면 뭘 갖추어야 하나? 인내와 품위 아닌가? 난 내 자신이 그 두 가 지 덕목을 갖추고 있다고 생각하네. 다른 이들에게서는 찾아보기 힘 든 미덕이지. 그러니 내가 왕이 되는 건 당연지사일세.

캘러밴 천황 폐하 만세!

스테퍼노 기적이 일어났어……. 저놈이 말을 하다니! 그것도 말이 되는 말을! 용감한 야만인이로다! (캘러밴을 껴안는다) 보게 트린큘로, 백성들이 말을 하기 시작했네! 백성들이 말을 하기 시작했다고……. 아, 그러나 너무 노여워 말게. 이 위대한 성군 스테퍼노는 자신의 친구인 트린큘로를 결코 배신하는 일이 없을 테니 말일세. 짐이 어려울 때 함께해 준 그 고마운 친구를 말일세. 트린큘로, 우리는 마른 빵을 함께 먹지 않았던가? 썩어 문드러진 포도주도 함께 마시고 말일세. 짐이 자네를 위해 준비를 한 것이 있네. 내 자네를 군사령관으로 임명하노라! 아하, 여기 이 용감한 야만인을 잊고 있었구먼! 이건 믿을 수 없는 기적이야! 이놈이 말을 하다니!

캘러밴 예, 폐하! 소인 기분이 너무 좋아 막혔던 말이 저절로 막 터져 나오나이다. 천황 폐하 만세! 폭군은 물러가라!

스테퍼노 폭군이라고? 누가? 트린큘로가?

캘러밴 아니, 다른 놈이 하나 있습니다. 프러스퍼로라는 놈입니다.

스테퍼노 프러스퍼로라고? 난 모르는 놈인데.

캘러밴 원래 이 섬은 저의 것이었습니다. 프러스퍼로라는 작자가 나타나서 제게 사기를 치기 전까지는 말입니다. 이 섬에 관한 제 모든 권한을 폐하께 온전히 돌려 드리겠나이다. 프러스퍼로를 물리쳐 주십시오.

스테퍼노 걱정 말지어다, 용감한 야만인이여! 누워서 떡 먹기로다! 짐이 눈 깜작할 사이 프러스퍼로라는 놈을 물리칠 것이노라!

캘러밴 조심하셔야 하나이다. 그놈 역시 만만치 않사옵니다.

스테퍼노 짐이 매일 아침 무얼 먹는지 아느뇨? 열두 명도 넘는 프러스퍼로 같은 놈이지. 그러니 염려 말지어다. 트린큘로, 당장 군을 대령해라! 내 친히 적장에게로 진격할 것이니라!

트린큘로 예, 폐하! 군은 전진하라! 참, 폐하, 그전에 뭐 마실 거라도. 이런 경우에는 힘과 용기가 필요하나이다.

캘러밴 그럼, 마셔야지요, 제 구세주들이신데! 그리고 노래도 부르도록 하지요. 승리의 노래를, 폭정의 종식을 알리는 노래를!
(노래를 부른다)

사바나*의 검은 딱따구리 같은 피조물,
케찰**이 새로운 날들을 몰고 오도다.
견고하게 박진감 넘치게
늠름하게 무장을 한 채.

---

* 사바나(savanna): 아프리카 수단 등지에 있는 나무가 적은 초원, 아열대 지방의 대초원을 말한다.
** 케찰(Quetzal): 중앙아메리카, 서인도제도, 남아메리카, 사하라 이남의 아프리카 등지에 서식하는 새로서, 꼬리가 길고 깃이 아름답다.

징을 울려라! 단호한 벌새들이

미친 듯, 취한 듯

꽃들의 심장을 파고들고 있나니

금조琴鳥들이 우리네 분노를 포효하노니

자유의 날이 밝아 오노라! 자유의 날이 밝아 오노라!

스테퍼노·트린큘로 (동시에) 자유의 날이 밝아 오노라! 자유의 날이 밝아 오노라!

캘러밴 숲 비둘기가 나뭇가지 사이를 배회하도다.

이 섬을 헤매이다 끝내 여기 멈춰 서도다.

하얀 미코니아miconia 꽃잎은

잘 익은 포도의 보랏빛 피와 섞이었도다.

그리고 피가 깃털을 적시도다.

순례자여!

곤한 날들을 여기 누워

귀 기울여 보자꾸나.

자유의 날이 밝아 오노라! 자유의 날이 밝아 오노라!

스테퍼노 됐다, 이 짐승 같은 놈아! 그만 주접을 떨도록 해라. 노래를 자꾸 부르면 목이 마르잖아. 뭐라도 마시도록 하자. 옜다, 조금만 마시도록 해라……. 흥이 흥을 북돋을 것이니라……. (잔을 채운다) 먼저 죽 들이켜라. 오, 술의 천국! 병사들이여, 전진하라! 아니…… 취소! 쉬도록 해라! 밤이 다가오고 있느니라. 불나방들이 눈을 깜박거리고, 귀뚜라미들이 구슬프게 울고 있느니라. 온 천지가 잠을 청하고 있느니라. 자, 해가 떨어졌으니 우리도 사기를 진작시키고 힘을 비축하는 의미에서 잠을 청하도록 하세. 불안과 초조로 감정이 격했던 낮의 일은 모두 잊고 말이야. 그래야 내일 새벽 동이 트면 우리는 힘이 넘치는 두 발로 진군하여 적의 요새를 박살 낼 것 아닌가? 잘들 주무시게.

(그는 이내 잠에 빠진다. 코 고는 소리가 진동한다)

3장

프러스퍼로의 소굴

프러스퍼로 그래, 에어리얼! 신들은 어디에 있는고? 이제 서서히 등장해야 할 시간인데! 모두들 말이야! 내가 내 여식과 그 아이의 배필감을 위해 마련한 잔치에 오셔서 마음껏 드셔야 할 텐데? 그게 어째서 '잔치'냐고? 왜냐하면 내, 오늘부터 그 아이들의 마음속에 미래 세계의 희망을 심어 주자고 맹세를 했거든. 미래 세계의 희망이란 논리, 미감 그리고 조화 등의 가치에 달려 있지. 이 가치들을 심어 주기 위해 나는 내 의지력으로 그 기초를 놓았느니라. 불행하게도 내 나이가 되면 할까 말까 망설이기보다는 무조건 저지르고 보는 게 중요하다네……. 자, 다들 들어오십시오.

(신들이 들어온다)

주노 그대에게 명예와 부를 드리나이다. 만수무강하옵소서! 그리고 주노의 축복의 노래를 들으소서!

시어리스 모자람과 부족함이 없기를 바라나이다! 이것이 그대에게 드리는 시어리스의 축복이옵니다!

아이어리스 (요정들에게 인사를 건넨다) 요정들이여, 이리 오셔서 진정한 사랑의 만남을 축복하소서!

(요정들이 춤을 추며 들어온다)

프러스퍼로 여신들이여, 감사를 드리나이다! 아이어리스, 당신께도! 축복해 주셔서 진심으로 감사를 드리나이다.

(신들은 계속 춤을 춘다)

퍼디낸드 이게 웬 놀라운 광경인고! 도대체 꿈이야 생시야!

프러스퍼로 내, 너희들을 영접하고 축복하기 위해서 골방에 갇혀 있던 신들을 마술을 부려 모셨느니라.

(에슈가 들어온다)

미랜더 저 신은 누구인가요? 그다지 호의적으로 보이지 않는군요. 모독의 우를 무릅쓰고 말한다면, 신이라기보다 악마처럼 보이는군요.

에슈 (파안대소하며) 틀린 말씀은 아니외다, 아가씨! 그러나 신들은 내

편이고, 악마들은 내 적이외다. 그리고 이 자리에 모인 여러분 모두에게 즐거운 웃음이 깃들라!

프러스퍼로 (부드럽게) 에어리얼이 실수를 했음에 틀림없도다. 아니면 내 마술이 녹이 슬었던지. (큰 소리로) 그대는 여기가 어디라고 감히 나타났는가? 그대를 누가 오라했는가? 난, 신이라도 이렇게 예의 없는 행동을 하는 신은 감히 용서할 수 없도다.

에슈 바로 그 점이외다……. 물론, 난 누구의 부름도 받지 않았소이다……. 썩 바람직한 모습이라 할 수 없소이다! 이 가여운 에슈를 기억해 주는 자가 아무도 없다니! 어쨌든 이 에슈가 왔소이다. 하하하! 자, 술 한잔 드십시다. (상대방의 응답도 기다리지 않고 술을 들이켠다) …… 술맛이 괜찮군! 그러나 내가 가장 좋아하는 음식은 개올시다. (아이어리스를 쳐다보며) 놀라지 마시오, 누구나 식성은 다른 법이니. 어떤 이는 닭을 좋아하고, 또 어떤 이는 염소를 좋아하는 법이외다. 나는 개인적으로 닭을 좋아하지 않소이다. 그러나 살이 새까만 개라면…… 오, 가여운 에슈!

프러스퍼로 썩 꺼져라! 당장! 이런 고상한 모임에 네놈의 번죽거리는 웃음과 광대 짓은 필요 없느니라. (마술을 부린다)

에슈 가겠소이다, 분부대로 가겠소이다……. 그러나 신부와 신랑을 위해 노래 한 곡조는 해야 예의가 아니겠소이까?

에슈는 많은 마술을 부릴 줄 안다오,
개 스무 마리를 주시오!
놀라운 마술을 보여 드리리다.

에슈는 여왕에게도 마술을 걸 줄 안다오,
그 여왕을 분하게 만들어
옷을 벗고 거리를 질주하게 할 줄 안다오.

에슈는 신부에게도 마술을 걸 줄 안다오,
결혼 첫날밤
다른 남자의 침소에 들게 할 수 있다오.

에슈는 어제의 돌을 집어
오늘의 새를 맞출 수 있다오.
질서를 무질서로 무질서를 질서로 바꿀 수 있다오.
아, 에슈는 끔찍한 농간의 대명사이외다.
에슈는 무거운 짐을 지고 가는 사람이 아니외다.
그의 머리는 뾰족하외다. 그는 춤을 출 때
어깨를 움직이지 않소이다…….
오, 에슈는 즐거운 요정이외다.

에슈는 즐거운 요정이외다.
게다가 그는 성기로 그대를 채찍질할 수 있는 자외다.
그는 그대에게 채찍질을,

채찍질을 할 수 있소이다…….

시어리스 아이어리스, 저 노래 너무 천박한 것 같지 않나요?

주노 끔찍하구려! 참을 수가 없군요……. 저자가 저따위 노래를 계속 부르면 난 먼저 이 자리를 떠야겠어요.

아이어리스 꼭 음탕한 호색한이 부르는 노래 같군요!

주노 그런 말일랑 내 앞에서 꺼내지도 마세요.

에슈 (노래를 계속 부른다)
…… 그의 성기로
그는 그대에게 채찍질을, 채찍질을 할 수 있소이다.

주노 오! 누구 저 위인을 쫓아내 주실 분 없나요? 없다면 난 먼저 가야겠어요!

에슈 좋소이다! 좋아요! 이 에슈는 물러간다고요. 잘들 있으시오, 동지들!

(신들이 모두 덩달아 퇴장한다)

프러스퍼로 드디어 가는구먼……. 다행이야! 어렵소! 후유증이 제법인데! 왜 이리 머리가 복잡하지……. 내 낡은 머리가 제대로 돌아가지 않는구먼! 힘이여 솟아라! 힘이여 솟아라! 제기랄! 언젠가는 이 힘도 사라지겠지? 거품처럼, 구름처럼, 아니 이 세상처럼. 힘이 무슨 소용이람? 내가 내 자신의 공포 하나도 제대로 다스리지 못하는데. 어쨌든 오라 힘이여! 아, 내 힘이 싸늘히 식었도다. (부른다) 에어리얼!

에어리얼 (뛰어 들어온다) 무슨 일이십니까, 주인님!

프러스퍼로 캘러밴이 드디어 본색을 드러내기 시작했노라. 그놈이 음모를 꾸미고 있다고. 떨거지들의 힘을 모으고 있단 말이야. 그리고 자네······그래, 자네는 가만히 있게. 그놈을 잘 지켜보기나 하게. 뱀들아, 전갈들아, 고슴도치들아, 독침을 가진 모든 족속들아, 캘러밴이라는 놈은 뼈도 못 추릴 것이다. 이놈이 어떤 벌을 받게 되는지 잘 보아둘지어다. 진흙과 모기를 준비하는 것도 잊지 말지어다.

에어리얼 주인님, 제가 중재를 해보겠나이다. 노여움을 푸소서. 이해하십시오. 그자는 배신자이옵니다.

프러스퍼로 그자의 배덕이 세계의 질서를 혼란스럽게 하고 있도다. 신께서 그자를 사멸시키겠지만, 내게도 일말의 책임감이 있노라.

에어리얼 괘념치 마십시오, 주인님!

프러스퍼로 잠깐! 이렇게 하도록 하자. 캘러밴 장군과 그의 일당들이 쳐들어올 길가에 유리 장신구를 진열하고, 입다 버린 옷 ······ 형형색색의 옷들을 걸어 두도록 하라. 야만인들은 소란스럽고 현란한 옷들을 좋아하느니…….

에어리얼 주인님…….

프러스퍼로 네놈도 나를 화나게 하려 하느냐? 뭘 이해하란 말이냐? 오직 그놈이 치러야 할 벌이 남아 있을 뿐이니라. 난 불한당들과는 결코 타협하지 않을 것이니라. 서둘러라! 그렇지 않으면 내 불호령을 받을 것이니라.

4장

숲 속. 어둠이 서서히 걷히고 있다. 열대림의 영령들이 중얼거리는 소리가 들린다.

목소리 1 날아라!

목소리 2 이리로!

목소리 1 개미야!

목소리 2 이리로!

목소리 1 송골매야!

목소리 2 이리로!

목소리 1 투르토*와 코뿔새와 게와 벌새야!

목소리들 이리로, 이리로, 이리로!

목소리 1 발작과 음모와 송곳니와 주머니쥐야!**

목소리 2 으르렁, 으르렁, 으르렁.

목소리 1 거대한 고슴도치여, 그대 오늘 우리의 태양이 되리라. 털북숭이에 날카로운 발톱과 고집을 세운 그대, 불타거라! 달이여, 내 살찐 거미여, 꿈꾸는 커다란 고양이여, 가서 잠을 잘지어다, 비단결 잠을.

목소리들 (노래를 부른다)
킹귀에
킹귀에
봉봉
말로토
블룸블룸!

(태양이 뜬다. 에어리얼의 악대가 사라진다. 캘러밴은 눈을 비비며 잠시 주춤한다)

캘러밴 (일어서서 숲을 주시한다) 다시 한번 가 봐야겠군. 꺼져라, 뱀들

---

* 투르토(Tourteau): 대서양 산의 큰 게를 말한다.
** 서반구에 사는 주머니쥐목 유대류를 총칭하는 것으로, 위험에 처하면 죽은 체를 하는 습성이 있다.

아, 전갈들아, 고슴도치들아! 물고, 뜯고, 찌르는 족속들아! 독과 침과 열들아! 네 원하거든 부드러운 혀로 나를 빨아다오. 깨끗한 군침으로 나를 달콤한 미래의 꿈으로 인도하는 두꺼비처럼. 내 오늘 우리 모두의 적인 나의 원수를 만나러 가는 것은 바로 너희들을 위한 일이고, 나 자신을 위한 일이며, 결국 우리 모두를 위한 일이니라. 내 이 저항 정신은 어머니의 피를 물려받은 탓도 있지만 우리 모두에게 공통된 것이기도 하느니라. 보아라, 고슴도치여! 귀여운 짐승아……. 내 프러스퍼로를 물리치는 날, 과연 어떤 짐승이, 이 우주의 어떤 짐승이, 나를 거부하겠는가? 감히 상상도 할 수 없도다! 프러스퍼로는 자연의 적이니라! 그런고로 나는 외치노라, 자연의 적을 타도하라! 고슴도치여 가시를 세워라! 아니, 고슴도치여 가시를 내려라! 그것이 자연의 이치이므로! 자연은 한마디로 부드럽고 상냥한 것이니라. 이제 그대들도 알 것이니라, 자연을 어떻게 대해야 하는지를. 자, 이제 가자. 우리를 막을 자는 없도다! 앞으로!

(악대가 나아간다. 캘러밴은 투쟁가를 부르며 전진한다)

생고 신은 긴 막대를 지니고 있다네.
그가 그것을 휘두르면 돈이 사라진다네!
그가 그것을 휘두르면 거짓말이 사라진다네!
그가 그것을 휘두르면 도둑질이 사라진다네!
생고, 오 생고 신이시여!
생고 신은 비를 내려 주시는 분이라네.

그가 불타는 성의聖衣를 입고 지나가면,
그가 탄 말의 발굽이 천상의 길 위로
번개를 때린다네!
생고 신은 훌륭한 전사라네!
생고, 오 생고 신이시여!

(으르렁거리는 파도 소리가 들려온다)

스테퍼노 이게 무슨 소린지 말해 보거라, 용감한 야만인 놈아? 바닷가에 사는 괴물의 함성 같구나.

캘러밴 바닷가에서 나는 소리가 아니올시다……. 누군가 돌아다니는 소리올시다……. 걱정 마시오. 내 친구 짓이니.

스테퍼노 네놈은 친구에 대해 꽤 비밀이 많은 게로구나.

캘러밴 내가 사는 데 도움이 되기 때문이오. 내 그를 친구라 부르는 까닭이오. 가끔 그 친구가 재채기를 하지요. 그러면 물방울 하나가 내 이마에 맺힐 때가 있어요. 그러곤 물방울 속의 염기로 나를 시원하게 해주지요, 나를 즐겁게 해주지요…….

스테퍼노 이해할 수가 없군. 자네 혹 취한 건 아니겠지?

캘러밴 이보시오! 그건 일종의 참을 수 없는 분노 같은 것이외다. 신이 내리는 천둥번개처럼 홀연히 나타나 그대의 뺨을 치는 것 말이오. 심

연에서 솟아 나와 그 악다구니로 그대를 물어뜯는 것 말이오. 그게 바로 바다이올시다!

스테퍼노 참으로 이상한 섬이로다! 참으로 이상한 세례식이로다!

캘러밴 그러나 가장 좋은 건 바다가 부르는 바람과 노래이외다……. 숲을 흔드는 더러운 탄식이지요. 혹은 수염에 붙은 공포의 흔적인 나무를 부러뜨리며 부르는 승리의 찬가이지요.

스테퍼노 네놈 도대체 제 정신이냐? 미친놈 아니야? 복도 없도다! 트린큘로, 이 야만인 놈이 우리를 가지고 노는구먼!

트린큘로 난 신경 끊었어…… 지쳤다고. 이렇게 까다로운 놈은 처음이야. 야만인 놈, 그런데 네놈의 땅은 왜 이리 질척거리는 건가?

캘러밴 그렇지 않소이다……. 그건 프러스퍼로의 짓이요.

트린큘로 네놈이 말하는 그 야만인 말이냐? 핑계 없는 무덤이 어디 있겠느냐? 태양은 프러스퍼로의 미소요, 비는 프러스퍼로의 눈에 고인 눈물이라……. 그렇다면 진창은 프러스퍼로의 똥이 아닌가. 그리고 이놈의 모기들은 뭐냐? 이놈들은 도대체 무엇이냐고? 위이이이잉, 위이이이잉……. 이 소리가 들리는가? 내 얼굴을 아예 벌집으로 만드는구먼!

캘러밴 모기가 아니외다. 당신의 코와 목을 찌르고 당신을 가렵게 만드는 것은 일종의 가스외다. 바로 마술사 프러스퍼로가 꾸민 흉계외다. 일종의 프러스퍼로의 포연砲煙인 셈이지요.

스테퍼노 그게 무슨 뜻인가?

캘러밴 그자가 반란을 진압하기 위해 무기를 사용하고 있다는 뜻이외다. 그자는 이런 종류의 위장 무기를 많이 지니고 있소이다……. 이를 가지고 반란자의 귀를 먹게 하고, 눈을 멀게 하며, 끊임없이 재채기를 하게 만들고, 급기야는 울게 만들지요…….

트린큘로 그리고 이렇게 미끌미끌한 데서 미끄러지게 만들고! 이런 제기랄! 아무래도 네놈한테 전염된 것 같아! 안 되겠어……. 좀 앉아야겠어.

스테퍼노 자, 트린큘로, 용기를 내시게! 우리는 지금 움직이는 땅 위에서 있는 것일세. 무슨 뜻인지 알겠나? 새로운 사건을 만들기 위해서는 과감한 추진력, 주도권 쟁취 그리고 신속한 결정이 필요하다는 뜻일세. 그 중 가장 중요한 것이 추진력일세. 자, 돌진! 일어나게! 돌진하라!

트린큘로 발에서 피가 나는걸!

스테퍼노 명령이다, 일어나라! 그렇지 않으면 내, 손수 네놈의 머리통을 박살 낼 것이니라! (트린큘로가 일어나 걷기 시작한다) 이보게, 야만인 친구! 보아하니 자네를 박해하는 자, 무장이 꽤 잘된 자 같구먼. 아무래도 그자를 공격하는 게 쉽지 않을 듯하이!

캘러밴 그자를 과소평가해서는 아니 됩니다. 그렇다고 그자를 과대평가하자는 뜻이 아닙니다……. 그자는 지금 자신이 지닌 힘을 과시하고 있는 것입니다. 우리의 기를 죽이기 위해서 말입니다.

스테퍼노 상관없도다, 트린큘로! 조심하면 되느니라! 속담에도 있지 않느냐, 적을 가벼이 여기지 말라고. 술병을 이리 주거라. 내 곤봉으로 쓸 것이니라.

(줄에 매달린 총천연색의 옷이 나타난다)

트린큘로 좋아, 스테퍼노! 싸우러 가겠네! 승리란 쟁취하는 것이네. 앗, 저기 보게! 승리의 전조가 보이지 않는가? …… 저기를 보라고. 훌륭한 반바지일세. 여보게, 트린큘로, 자네 저 반바지를 걸치려 하는가? …… 자네의 그 찢어진 바지 대신에 말일세.

스테퍼노 멈추게, 트린큘로……. 거기서 단 한 발짝이라도 더 움직이면 내 자네를 가만두지 않을 걸세. 자네의 상관이자 주인으로서 내 명하노라. 그 반바지는 내 것일세. 내 그 옷을 입고 중세 영주의 권리를 행사할 걸세.

트린큘로 그 반바지를 먼저 본 사람은 나일세.

스테퍼노 그래도 개시는 왕이 하는 걸세. 그건 세상 어느 나라에서도 마찬가지야.

트린큘로 그건 폭군이나 하는 짓일세, 스테퍼노. 내 자네가 반바지를 차지하도록 좌시하지 않을 걸세.

(둘이 싸운다)

캘러밴 그냥 놔둬, 이 멍청한 자식들아! 내, 체통을 지키라고 그렇게 일렀건만, 그따위 하잘것없는 것을 가지고 싸움질을 하다니! (스스로에게) 아니, 내가 이런 덜떨어진 인간들을 따라다니다니, 미쳤군! 돼지처럼 살만 피둥피둥 찐 이런 인간들과 도대체 어떻게 혁명을 하겠다는 거야? 내 자유를 내 스스로의 힘으로 올곧게 되찾아 내지 못하면 역사 앞에서 어떻게 당당할 수 있겠어? 그래, 프러스퍼로, 이건 너와 내 문제다!
(손에 무기를 들고 방금 전에 나타난 프러스퍼로를 향해 전진한다)

프러스퍼로 (맨가슴을 들이밀며) 쳐 봐! 어서 쳐 보라고! 네놈의 주인이자 은자인 나를 어서 쳐 보라니까? 용서 따위의 말은 하지도 말고!
(캘러밴, 무기를 높이 쳐든다. 그러나 망설인다)
어서 쳐 보라고! 왜 못 치는 거야! 짐승 같은 놈……. 사람 하나 제대로 죽일 줄도 모르는 주제에!

캘러밴 네놈도 정상적으로 덤벼야지? 난 살인마가 아니야.

프러스퍼로 (아주 냉정하게) 꼴에 한술 더 뜨는군! 네놈은 천재일우의 기회를 놓쳤어. 멍청한 노예 놈! 오냐, 이제 이 코미디를 끝내 주마! (부른다) 에어리얼! (에어리얼에게) 에어리얼, 이놈들을 포박하라!

(캘러밴, 트린큘로 그리고 스테퍼노가 포박을 당한다)

5장

프러스퍼로의 소굴. 미랜더와 퍼디낸드가 체스를 두고 있다.

미랜더 왕자님, 절 속이고 계시죠?

퍼디낸드 내 맹세하오. 왕국 스무 개를 준다 해도 낭자를 속이고 있지 않음을 말이오.

미랜더 믿을 수 없어요. 그렇지만, 용서해 드리죠. 그러니, 솔직하게 한 번 말씀해 보세요, 절 속이셨죠?

퍼디낸드 그렇게 말해 주니 기쁘오. (껄껄 웃으며) 내 이제 안심해도 될 것 같소. 낭자께서 이리 순수하고 아름다운 기화요초의 왕국을 떠나 속된 인간 세상으로 떠나지 않을 것이라는 느낌을 받았으니 말이오.

미랜더 아시는군요, 왕자님께서 그렇게 불행한 세계에 속박되어 계시다는 사실을요. 제가 그 지옥 같은 세상을 물리쳐 드리겠어요!

(고관대작들이 입장한다)

알론조 오, 세자! 살림을 차린 게로구나! 뜻밖의 일이라 말이 안 나오도다! 놀랍고 기특하구나!

곤잘로 인생지사 새옹지마라! 비 온 땅이 굳는 법!

알론조 그렇소! 그 말 외에는 달리 이번 일을 표현할 길이 없소이다.

곤잘로 보십시오, 얼마나 아름답습니까! 너무 감격스러워 말이 제대로 나오지 않습니다. 저는 이미 여러 차례 이 늙은이의 감격을 여기 젊은 가인佳人들에게 이야기했나이다. 사랑하는 연인의 꿈을 함께 나누고 서로를 부드럽게 포옹하며 사는 모습이 얼마나 아름다운 모습인지를 말입니다.

알론조 (퍼디낸드와 미랜더에게) 손을 주시오, 내 신의 축복을 빌어 주리라!

곤잘로 아멘! 아멘!

(프러스퍼로가 들어온다)

프러스퍼로 고맙습니다, 여러분! 이렇게 조촐한 가족 잔치에 왕림해 주서서! 여러분들이 계시니 이 자리가 더욱 편안함과 기쁨으로 넘치나이다. 오늘은 편안히 쉬십시오. 여러분들의 배는 내일 아침에 돌려 드리겠나이다. 배는 무사합니다. 물론, 여러분들을 모시는 선원들의 안전도 보장하겠습니다. 그자들은 지금 편안히 쉬고 있으니 안심하시기 바랍니다. 나는 여러분들과 함께 유럽으로 돌아갈 것입니다. 내, 그리고 여러분들께 약속드립니다. 빠르고 안전한 항해와 순풍을!

곤잘로 오, 영광의 주여! 이렇게 기쁠 수가…… 이렇게 기쁠 수가! 결코 잊지 못할 일생일대 최고의 날이로다! 단 한 번의 항해로 앤토니오 경은 형제를 만나고, 그 형제는 작위를 되찾았으며, 그의 딸은 배필을 만났도다! 알론조 폐하께서는 아들은 물론 며느리까지 얻었도다! 그리고 또 뭐가 있나? …… 어쨌든, 나는 감정이 너무 격해 내 스스로 무슨 말을 하고 있는지 모르겠구나!

프러스퍼로 그렇소, 경의 감정이 격해 있다는 증거를 내, 보여 드리리다, 곤잘로 경! 빼먹은 게 하나 있소. 에어리얼, 나의 충복에 관한 일이요. (에어리얼을 돌아보며) 좋다, 에어리얼, 그대는 오늘부터 자유의 몸이니라! 가거라! 가서 네 인생이 지겨워지지 않기를 바라노라!

에어리얼 지겹다니요? 오히려 시간이 너무 빨리 갈까 두려운데요! 그곳에선, 나방이 초조한 손가락에 은장갑을 끼고, 녹황색 울음을 우는 여러 겹의 몸을 가진 넝쿨이 고집스러운 새까만 나무둥치를 풀어 주지요. 그곳에선, 잘 익은 산딸기가 야생 숲 비둘기를 불러 그 청아한

음조를 뽑아내도록 하지요. 나는 이들을 하나하나 불러들여 앞선 네 개의 가락을 능가하는 그 달콤한 마지막 가락으로 잊혀져 가는 노예의 가슴속에 열정을, 자유에 대한 열정을 불어넣을 것입니다.

프러스퍼로 오냐, 좋다. 그러나 여느 때와 마찬가지로 내 그대가 그대의 가락으로 나의 세계에 불을 놓지 않을 것임을 믿어 의심치 않노라!

에어리얼 (도취된 채로)
아니면 용설란 줄기에 똬리를 튼
돌조각 위에 앉아
나는 찌르레기처럼
밤처럼 새까만 일손들을 위해
거짓 울음을 울어 댈 것입니다.
"더 깊게 파, 이 검둥이 새끼야!"
"더 깊게 파라고, 이 검둥이 새끼야!"
그러면 나의 비상飛上으로
한결 가벼워진 용설란은
거룩한 국기를
펄럭일 것입니다.

프러스퍼로 뭔가 꿍꿍이속이 있는 것 같구먼! 가거라! 어서 가! 내 마음이 변하기 전에!

(스테퍼노, 트린큘로 그리고 캘러밴이 입장한다)

곤잘로 폐하, 폐하의 백성들이옵나이다.

프러스퍼로 아니, 전부 다 그런 건 아닙니다! 몇 명만 그렇습니다.

알론조 그렇군요. 저기 저 멍청한 트린큘로와 말 못하는 스테퍼노를 보니.

스테퍼노 그렇습니다. 폐하의 백성 스테퍼노, 폐하께 알현을 드리옵나이다.

알론조 대체 어찌 된 일인고?

스테퍼노 숲 속을 거닐고 있었나이다. 아니 들판이라고 해야 더 어울릴 것 같습니다. 그때 흠이 하나 없는 그럴듯한 옷이 바람에 펄럭이고 있는 것이 보였나이다. 저희는 무시무시한 모험을 막 감행하려던 차였기에 그 옷을 가장 잘 어울리는 사람이 갖기로 했습니다.

트린큘로 그 때문에 저희는 도둑으로 몰려 이런 대접을 받게 된 것이옵나이다.

스테퍼노 그렇습니다. 정직한 사람이 이런 일을 당하다니 정말 끔찍한 일이 아닐 수 없사옵니다. 저희들은 법적 오류의 피해자이자 부당한 재판의 희생자일 따름이옵니다. 통촉하여 주시옵소서!

프러스퍼로 알겠노라! 오늘은 관용을 베푸는 좋은 날이니, 내 술에 취한 너희들을 잡아 놓고 무슨 말을 더 길게 하겠느냐? 가거라. 가서 한 잠 푹 자도록 하여라, 이 주정뱅이들아! 우리는 내일 모두 떠날 것이 니라.

트린큘로 떠나신다고요! 바로 저희가 원하던 바입니다요. 최소한 스테 퍼노와 저는 말이죠……. 저흰 항상 술잔을 들었죠. 아침부터 저녁까 지, 또 연이어 새벽까지……. 정말 어려웠던 건 그 술잔을 내려놓는 일이었습죠.

프러스퍼로 이런 건달들! 술이 없는 섬에 내려놓을까 보구나!

알론조 (캘러밴을 가리키며) 진정 기이하게 생긴 몰골이로다!

프러스퍼로 마귀 같은 놈이죠!

곤잘로 뭐하는 종자입니까? 마귀인가요? 경이 꾸짖고 훈계하고 명을 내리고 복종토록 가르쳤는데, 아직도 이렇게 기가 살아있다, 이 말씀 이십니까?

프러스퍼로 그렇소이다, 곤잘로 경!

곤잘로 그렇다면, 혹 제가 제안을 하나 해도 될까요? 주제넘는 일이라 면 용서하십시오. 제 오랜 경험으로 비추어 볼 때 이 종자에게 남은 일은 딱 하나입니다. 액막이의식밖에 없소이다. "나오거라, 더러운 영 혼아, 성부와 성자와 성신의 이름으로 명하노라!" 이 방법뿐입니다.

(캘러밴이 폭소를 터트린다)

곤잘로 경이 옳았구려! 아니 그보다 더 심각한 것 같구려! 이 작자는 단순한 반역자가 아니라 꽤 까다로운 객이기도 하구려! (캘러밴에게) 이보게, 상태가 훨씬 악화되었네! 내 자네를 구해 주려 했건만. 도저히 안 되겠네. 세속적인 방법에 맡기는 수밖에!

프러스퍼로 이리 오너라, 캘러밴. 뭐 달리 할 말이 있는 것이냐? 네놈의 입장을 변호해 보란 뜻이니라. 내 오늘 기분이 무척 좋으니라. 그 기회를 잘 활용하도록 해라. 내 오늘은 모든 걸 용서해 주고 싶은 날이니라.

캘러밴 난 내 입장을 변호하는 일 따위에는 관심이 없소이다. 그저 이번 거사가 실패로 끝난 일이 안타까울 뿐이오.

프러스퍼로 무슨 일을 저지르려 했는데?

캘러밴 내 섬을 되찾고 내 자유를 회복하려 했소이다.

프러스퍼로 마귀가 들끓고, 태풍이 시도 때도 없이 불어 대는 이 섬에 혼자 남아 도대체 뭘 어쩌려고?

캘러밴 제일 먼저, 당신을 없앨 것이외다. 당신의 흔적을 내 몸속에서 완전히 뽑아내 버릴 것이외다. 당신이 행한 모든 일과 위선들 역시도! 당신의 그 '새하얀' 요술마저도!

프러스퍼로 매우 부정적인 계획을 가지고 계시는구먼!

캘러밴 당신은 모를 것이외다…… 당신의 흔적을 내 몸속에서 완전히 뽑아내 버리는 일이 왜 내게 희망이 되는지를…….

프러스퍼로 세상이 물구나무서도 유분수지……. 자, 여러분! 보시다시피, 캘러밴은 변증론자이올시다. 그럼에도 불구하고, 캘러밴, 짐은 네놈을 사랑하노라! 이리 오너라, 이제 화해를 하도록 하자. 이러니저러니 해도 십 년이나 함께 살고, 함께 일하지 않았느냐! 십 년이면 강산이 바뀌는 세월이니라. 우린 동지나 마찬가지니라!

캘러밴 잘 아실 텐데, 난 화해 따위에는 관심이 없다는 걸! 나의 유일한 관심은 자유이외다. 자유, 알아듣겠소?

프러스퍼로 불행한 일이지만 …… 네놈이 무슨 짓을 해도 내가 폭군이라는 걸 믿는 사람은 아무도 없을걸!

캘러밴 내 말을 잘 듣거라, 프러스퍼로!
수십 년 동안 난 머리를 조아렸다.
수십 년 동안 난 모든 걸 참았다.
네놈의 욕지기와 네놈의 배은망덕을…….
그 중 여타 모든 것을 초월하는 최고의 저질은
네놈의 교만이었다.
그러나, 이제는 끝이다!

모든 게 끝이라고, 들리는가?

물론이다, 지금은 분명

네놈이 나보다 강하다.

그러나 나는 네놈의 힘

혹은 네놈의 충견들 혹은 네놈의 짭새들 혹은 네놈의 발명품들을

결단코 저주하지 않을 것이다.

그 이유를 알겠는가?

그건 내 알기 때문이다. 언젠가는 이 몸이 네놈을 이기리라는 걸!

언젠가는 이 몸이 네놈을 오싹하게 하리란 걸!

네놈이 스스로 판 무덤 위에.

네놈은 두려움에 떨게 될 것이다.

프러스퍼로, 네놈은 훌륭한 마법사요,

늙어 빠진 사기꾼일 따름이다.

입만 열면

세상에 대해, 나 캘러밴에 대해

숱한 거짓을 늘어놓았다.

그러고는 끝내 내게

내 자신의 부정적인 이미지를 각인시켰다.

네놈의 표현을 빌면

야만인이라는 둥, 능력이 없는 인간이라는 둥,

그게 네놈이 내게 가르쳐 준 내 자신의 모습이었다.

이제, 나는 그 모습을 거부한다⋯⋯. 그건 거짓이므로!

이제야 나는 안다. 네놈은 고질적인 암세포 같은 놈이란 걸.

그리고 나 자신에 대해서도!

또한 나는 안다, 언젠가는

내 이 헐벗은 주먹이, 단지 이것만이,

네놈의 세계를 박살 내리란 걸!

그리하며 마침내 구세계가 허물어지리란 걸!

내 말이 사실이 아닌가? 보라!

네놈이 얼마나 지겨워하는지를.

어쨌든……네놈에게도 기회는 있다.

짐을 꾸려 당장 유럽으로

떠나라.

지독한 놈!

난 안다. 네놈은 결코 이곳을 떠나지 않을 것이란 걸!

네놈은 '의무'라는 말로 나를 농락했다.

'소명의식'이라는 말로도.

네놈의 소명의식이란 다름 아닌 나를 괴롭히는 것.

그것이 바로 네놈이 이곳을 떠나지 않으려는 이유다.

식민지를 발견하고 그곳에서 살기 시작해

지금은 다른 그 어느 곳에서도 둥지를 틀지 못하는 놈들처럼.

네놈은 교활한 중독자일 뿐이다, 그게 바로 네놈의 본 모습이다.

프러스퍼로 불쌍한 놈! 네놈이야말로 스스로 무덤을 파고 있도다! 그렇게 죽고 싶으냐? 네놈도 잘 알고 있지 않느냐! 이 몸이 네놈보다 더

강하다는 걸! 단 한순간도 네놈보다 강하지 않은 적이 없다는 걸! 진
정 불쌍하도다!

캘러밴 나쁜 놈!

프러스퍼로 조심하라! 짐의 인내가 한계에 이르렀도다!

캘러밴 (늠름하게)
생고 신께서 힘차게 행진하신다.
하늘, 그 길을 따라!
생고 신은 불을 가지고 계신 분이시다.
그분의 걸음걸음은 천지를
진동케 하신다.
생고 신이시여, 생고 신이시여, 오호!

프러스퍼로 짐은 참나무를 뿌리 채 뽑을 수 있고, 바다를 일으킬 수 있
노라. 태산을 떨게 하고 맨가슴으로 역경을 견딜 수 있노라!
제우스와 번개로 진검승부를 벌이고
그보다 훨씬 어려운 일인, 짐승을 인간으로 만들 수 있노라!
그러나, 오호통재라! 인간의 마음에 닿는 길을 내 아직 찾지 못했으
니…….
인간이 있는 곳에 그 마음 또한 있다면…….
(캘러밴에게)
나도 네놈이 싫다.

네놈 때문에 난생 처음
내 자신을 회의하게 되었기 때문이다.
(고관대작들에게)
여러분들, 이리 오시지요. 작별을 해야겠습니다……. 난 여러분들과
함께 갈 수가 없을 것 같습니다. 난 이 섬에서 운명을 마칠 것입니다.
그 운명으로부터 달아나지 않겠습니다.

앤토니오 안 됩니다!

프러스퍼로 잘 들으시오.
나는 이 야만인 놈이 생각하는 것처럼
그런 일반적인 의미의 지배자가 아니올시다.
난 끝이 없는 음악을 연주하는 사람일 뿐이외다.
이 섬을,
숱한 그 옹알이들을, 나 홀로,
기꺼이 그 속에 섞이며,
혼돈으로부터
투명한 하나의 가락을 만들어 냈소이다.
나 없이, 과연 누가 이 섬에서
음악을 연주할 수 있었겠소이까?
이 섬은 나 없이는 벙어리일 뿐이오.
내 임무는, 그러므로, 이곳에 남는 것이오,
난 여기에 남을 것이오.

곤잘로 기적이 충만한 날이로다!

프러스퍼로 낙심하지 마시오. 앤토니오 경, 내 재산의 관리자가 되어 주시오. 퍼디낸드와 미랜더가 나폴리 왕국의 진정한 주인이 되어 그 재산을 적절히 관리할 수 있게 되는 그날까지 경이 책임지고 그것들을 처분해 주시오. 퍼디낸드와 미랜더를 위한 일정은 조금도 늦추지 마시오. 이 아이들의 결혼식이 나폴리의 고관대작들이 모두 모인 가운데 성대하게 치루어지도록 하시오. 곤잘로 경, 내 경을 믿으니 이 결혼식에서 나 대신 공주의 아버지 역을 맡아 주시오.

곤잘로 그 일은 제게 맡기십시오.

프러스퍼로 잘 가시오, 여러분들!
(일행이 모두 퇴장한다)
캘러밴, 이제 너와 나만 남았다!
내, 네놈에게 하고 싶은 말은 간단하다.
열 번, 백 번, 골백번도 넘게 네놈의 그 한심한 꼬락서니로부터
네놈을 구제하려 하였도다.
그러나 네놈은 항상 독을 품고
인상을 쓰며 내게 대들었다.
자, 이제 나는 관용을 베풀려 했던 내 천성을 거두어들이려 한다.
네놈의 폭력에
폭력으로 대응하기 위해!

(커튼이 반쯤 내려왔다 다시 올라가는 것으로 시간이 흘렀음을 암시한다. 반투명한 어둠 속에 프러스퍼로가 등장한다. 나이가 더 들고 많이 쇠약해진 모습이다. 동작도 굼뜨고 기계적이다. 목소리에도 힘이 없고, 음조도 없으며, 같은 말을 계속 반복한다)

프러스퍼로 참 이상한 일이로다. 왜 이리 주머니쥐들이 많은 거야. 사방천지가 다 주머니쥐들 판이구먼. 멧돼지에 수퇘지처럼 온갖 지저분한 짐승들도 많지만! 그 중 오소리가 제일 많구먼! 저 눈들 좀 봐! 기분 나쁘게 웃는 저 표정들 좀 봐! 꼭 밀림이 동굴에 갇힌 꼴이구먼! 이럴 때일수록 정신을 바짝 차려야 해……내 공든 탑이 무너지지 않도록 말이야! (큰 소리로) 난 문명을 수호할 것이니라! (사방으로 불을 뿜으며) 됐어! 이제 평화와 안식을 즐기면 되는 거야! 그런데, 왜 이리 춥지? 날씨가 많이 변했어! 이런 섬에 추위라니……. 불을 피워야겠어……. 이봐 캘러밴, 친구, 이제 우리 둘뿐이라고, 여기 이 섬에 말이야……. 자네와 나뿐이라고. 자네와 나. 자네 그리고 나……나 그리고 자네뿐이라고! 도대체 어디 있는 건가? (큰 소리로) 캘러밴!

(멀리서 파도치는 소리가 들려오고 꾹꾹 새들이 우는 소리가 들려온다. 그 너머로 캘러밴의 노랫소리가 들려온다)

자유 만세! 자유 만세!

에메 세제르의 셰익스피어 다시 쓰기

: 『어떤 태풍』을 중심으로

1. 탈식민주의와 아프리카 연극

아우구스투 보알(Augusto Boal)의 '피억압자 연극론'이 기실 제3세계 탈식민주의 연극론의 내용적 등가물로 환원되기 오래전부터, 아프리카 연극은 연극의 역사를 다시 쓰고 있었다. '탈식민주의'라는 이름의 공식적 담론이 등장하기 실로 오래전 일이었다. 이것은 아프리카 현대극이 탈식민성을 그 태생적 기원으로 삼고 있음을 의미한다.

사실 '탈식민주의'라는 용어는 그다지 새로운 것이 아니다. 아프리카와 카리브 해의 경우, '탈식민주의'라는 용어는 1957년 가나의 독립을 기점으로 해 아프리카와 카리브 해에 있는 국가들이 연쇄적으로 독립을 쟁취하는 1960년대에 가장 빈번하게 사용되었던 매우 유서 깊은 용어이다. 그것이 형식논리상으로 지구상에서 물리적인 식민지가 거의 사라지는 반세기 가까운 세월이 지난 다음에야 '담론의 제도권' 안으로 진입하여 일말의 '진지전'을 구축하게 된 것은 작금의 문화판에서 '탈식민주의'가 '현실적인 힘'으로 행사하는 영향력 때문이라기보다는 '담론'의 이름으로 현혹하는 전 지구적인 '구매력' 때문이다.

이것은 동시대 '탈식민주의'가 중심과 주변, 구체와 일반, 남과 여, 동양과 서양 등속의 경계를 실천적으로 전복하고, 그 위에 새로운 질서를 세우는 '현실적인 힘'을 상실한 채 물신화의 회로에 갇힌 모종의 '인문학 상품'이 되어 가고 있음을 뜻한다.

물신화된 상품으로서의 탈식민주의 담론이 그 구매력을 극대화하는 장은 연극이다. 아리스토텔레스 이후 유럽 연극은 단 한 차례의 예외도 허용하지 않은 채 미학적 물신화의 길을 걸어 왔다. 특히 근대 이후의 유럽 연극은 미학 외적 권력에 힘입어 내용적·형식적 차원에서 야기될 수 있는 유럽 외적 특수성을 사상시키면서 유럽만의 혹은 유럽인만의 연극 미학을 보편화시키기에 이른다.

아프라카와 카리브 해의 현대극은 아리스토텔레스 이후, 심지어는 브레히트에 이르기까지 연극 미학의 계보학적 중심을 유럽의 그것에 붙박아 놓고 자족적인 생산 및 재생산 과정을 거듭한 끝에 스스로 타자와의 '대화적 상상력'을 고갈시켜 버린 유럽 연극으로부터의 존재론적이고 인식론적인 일탈을 중요한 과제로 삼아 왔다.

기실 아프리카와 카리브 해의 현대극은 서양의 연극과는 다른 존재론적이고 인식론적인 토대를 가지고 있다. 유럽의 연극사가들은 고대 희랍의 희비극이나 중세 유럽의 도덕극 내지는 기적극, 그리고 현대의 리얼리즘, 자연주의, 표현주의, 부조리극 등으로 이어지는

연극 미학으로 수렴되지 않는 아프리카와 카리브 해의 전통 및 현대
극을 "제의나 마술 혹은 영웅담이나 초자연적인 행위 따위의 하위 장
르"로 구분하면서 이들 연극이 아직도 수렵시대의 "기능성"에서 벗
어나지 못하고 있음을 지적한다. 다시 말해 "마을의 안녕을 빌고 그
성원들의 행복을 기복하는 일종의 집단 행사"로서 아프리카 연극의
존재론적 기원을 추찰하는 것이다. 한편 이들은 유럽의 연극도 "기원
적으로는 (아프리카 연극처럼) 제의, 절기의 변화, 종교 그리고 집단
간의 소통"에 뿌리를 두고 있지만, 아프리카 연극과 달리 그 기능적
차원을 극복하고, 소위 '과학'의 차원으로 이행해 갔다고 주장한다.[*]

2. 에메 세제르의 셰익스피어 다시 쓰기

카리브 해의 작은 섬 마르티니크 출신인 에메 세제르(Aimé Césaire)
는 아프리카와 카리브 해 나아가 제3세계의 연극을 주술 수준의 비과
학으로, 그리고 주술에서 과학으로 소위 성공적인 이행을 마친 유럽
연극을 완전무결한 미학의 전범으로 보는 유럽 연극사가들의 편견을
수정하려는 의도로 탈식민주의 연극론을 제창한다. 이는 주변부 연
극에 대한 유럽 연극사가들의 미학적 편견이 식민주의, 나아가 제국
주의와 긴밀한 관련이 있다는 판단 때문이다.
　　에메 세제르의 셰익스피어 다시 쓰기는 유럽 연극 경전의 미학

---

[*] Martin Banham and Clive Wake, *African Theatre Today*, London: Pitman, 1977,
　p.1.

적 지위가 카리브 해와 아프리카를 비롯한 제3세계 지역 연극의 강제된 주변부화 내지는 타자화를 통해 반대급부적으로 견인된 것임을 고발하기 위한 시도이다. 이는 그가 쓴『어떤 태풍』(*Une tempête*, 1969)이라는 작품에 적나라하게 드러난다.

세제르의 『어떤 태풍』은 셰익스피어의 『태풍』(*The Tempest*, 1611)을 제목만 살짝 바꿔 패러디한 일종의 간텍스트다. 이는 세제르의 『어떤 태풍』이 셰익스피어의 『태풍』과 일련의 대화적 관계를 형성하고 있음을 의미한다. 그 의도는 자명하다. 소위 근대 유럽 연극의 대표적 경전 격인 셰익스피어의 『태풍』을 인종적 타자인 '캘러밴'의 시각에서 다시 읽음으로써 근대 유럽 연극이 은폐한 미학의 배타성을 심문해 보겠다는 뜻이다. 나아가 캘러밴에게 자신의 처지를 설명할 수 있는 목소리의 권위와 그로 인해 자연스럽게 구성되는 상상 가능한 인격을 부여함으로써, 작게는 유럽 연극 권력의 속내와 크게는 제3세계 연극 미학의 탈식민화 가능성을 제시해 보겠다는 뜻이다.

세제르는 이 전략적 심문의 과정을 '캘러밴'이라는 역사적 등장인물의 복잡다단한 상징 해석을 단순화하는 일에서부터 시작한다. 기실 세제르의 『어떤 태풍』이라는 작품은 그 무엇보다도 셰익스피어가 『태풍』에서 부여한 캘러밴이라는 인물에 대한 의미론적 전복, 나아가 재해석 과정이 없이는 존재 자체가 불가능하다. 다시 말해 세제르의 『어떤 태풍』과 셰익스피어의 『태풍』은 캘러밴에 대한 해석의 차이를 놓고 간텍스트적 대거리를 벌이고 있다는 뜻이다. 그런 의미에서 캘러밴이 시대에 따라, 그리고 해석자의 배경에 따라 지금까지 어떤 의미로 통용되어 왔는가를 살피는 일은 중요하다.

3. 캘러밴 수용의 변천사

캘러밴은 먼저 셰익스피어의 『태풍』이 쓰여진 17세기 초, 즉 튜더왕조와 스튜어트왕조 시절에는 이 시대의 '새로운 야만인 혹은 주변부인'으로 일컬어지던 아일랜드인이나 미 대륙의 원주민을 상징한다. 한편, 17세기 후반에 오면 당시 근대적 징후들이 노골화되면서 문명과 야만을 구분하던 분위기와 맞물려, 기형적 외모와 엽기를 환기하는 '괴물'의 수준으로 추락한다. 그러나 근대의 기계적 이성에 반발하는 낭만주의 정신의 맹아가 싹트고 약진하는 18세기 말에서 19세기 초에 이르면 캘러밴은 여전히 악의 화신이기는 하나 부분적인 미덕을 지닌 '고상한 야만인'의 지위로 복귀한다. 그러다가 19세기 후반에 오면 다윈주의의 영향으로 인해 일종의 '사라진 고리'로 진화한다. 말하자면 동물계와 인간을 잇는 쐐기가 되는 것이다.*

그러나 세제르는 캘러밴의 다종다기한 의미 중 보다 정치적인 의미에 천착한다. 이것은 세제르가 근대와 더불어 시작된 식민주의 나아가 대서양 횡단 노예무역이 양산한 인종주의적 잣대를 역으로 수렴하여 프러스퍼로와 캘러밴의 관계를 백인과 흑인, 주인과 노예 그리고 지배자와 피지배자의 관계로 구체적인 대립각을 세우기 시작했음을 의미한다. 이것은 매우 중요한 의미가 있다. 왜냐하면 당시 카리브 해를 비롯한 중남미 지역에서는 캘러밴에 대한 해석이 그 지역

---

*Alden T. Vaughan and Virginia Mason Vaughan, *Shakespeare's Caliban: A Cultural History*, Cambridge: Cambridge Univ. Press, 1991, p. 8.

의 특수한 사정으로 인해 미국에 대한 이런저런 적개심의 대리물 형태로 출현했던 것이 일반적이었기 때문이다.* 가령, 우루과이의 철학자이자 정치가인 호세 엔리케 로도(José Enrique Rodó)는 『에어리얼』(Ariel, 1900)이라는 긴 에세이에서 "탐욕스럽고 신물나는 양키"의 나라 미국을 캘러밴으로, 세속적이지 않은 순정한 진선미의 담지자인 라틴계-미국인을 프러스퍼로로, 그리고 프러스퍼로가 구현하고자 하는 이상 세계를 에어리얼로 묘사한 바 있다.** 니카라과의 시인이자 언론인인 루벤 다리오(Rubén Darío)도 1893년 뉴욕을 둘러본 후 "외눈박이 괴물이 사는 화폐의 나라 …… 그곳엔 캘러밴이 셰익스피어의 희곡에서처럼 술에 절어 있었다"***고 쓴다.

　세제르는 로도와 다리오의 캘러밴 해석이 지나치게 유럽중심주의적임을 간파한다. 왜냐하면 이들이 캘러밴 같은 야만적인 미국을 비판하기 위해서 동원하는 자료들의 거개가 유럽산이기 때문이다. 플라톤, 아리스토텔레스 그리고 키케로 등이 이들이 애용하는 동원물들이다. 이것은 이들이 20~30년대를 지나면서 이 지역의 새로운

＊ 이 시기는 미국이 중남미로의 물리적인 팽창을 거듭하던 때이다. 미국은 1845년 멕시코로부터 텍사스 주를 접수하고 그것도 모자라 1846년부터 1848년 사이에 벌어진 멕시코와의 전쟁을 통해 멕시코 땅의 3분의 1을 합병하는 것은 물론, 1850년에는 쿠바를 합병하겠다고 선언하고 나아가 1880년대와 1890년대에는 중미와 남미 그리고 카리브 해를 침략한다. 이어서 1898년에는 스페인과의 전쟁을 감행하고, 나아가 푸에르토리코를 합병하며 급기야 1903년 파나마운하를 접수하기에 이른다.

＊＊ T. Vaughan and Mason Vaughan, *Shakespeare's Caliban: A Cultural History*, p. 147에서 재인용.

＊＊＊ John T. Reid, *Spanish American Images of the United States, 1790~1960*, Gainsvillie: University Presses of Florida, 1977, p. 195.

문화세력으로 등장하는 라틴아메리카 원주민들의 해석학적 권리는 물론 문화적 헤게모니까지도 인정하지 않음을 의미한다.

이에 대한 반동으로 세제르는 그 자신이 1969년부터 개념화하기 시작한 '흑인 연극'(Un théâtre nègre)을 통해 캘러밴과 에어리얼을 모두 신대륙의 노예로 묘사한다. 캘러밴은 아프리카에서 끌려온 흑인 노예로, 그리고 에어리얼은 혼혈 노예로. 이것은 캘러밴에 대한 해석 주권의 장악을 통해 당시 카리브 해를 강타하던 탈식민주의 운동의 주체를 아프리카에서 끌려온 흑인들로 명확히 함은 물론 그 운동의 내용도 식민주의 혹은 신식민주의, 나아가 제국주의에 대한 심문으로 가닥을 잡아 감을 의미한다.

캘러밴에 대한 세제르의 전복적 해석에 고무된 바베이도스(Barbados)의 시인 에드워드 카모 브래드웨이트(Edward Kamau Brathwaite) 역시 『섬』(Island, 1969)이라는 시집에서 캘러밴을 노예 출신의 중남미인으로 묘사한다. 나아가 그는 셰익스피어의 『태풍』 메타포를 1831년에서 1832년 사이에 벌어진 자메이카의 노예해방전쟁과 견주면서 프러스퍼로를 노예주로, 에어리얼을 부분적으로 동화된 혼혈 흑인으로, 그리고 캘러밴을 저항 노예로 비유한다. 한편, 알론조는 영국의 의회로, 그리고 곤잘로는 인본주의자이지만 오도된 생각을 가진 선교사로 묘사한다.[****] 이러한 관행은 쿠바의 작가인 로

[****] E.K. Brathwaite, "Caliban, Ariel and Unprospero in the Conflict of Creolization: A Study of the Slave Revolt in Jamaica in 1831~1832", Vera Rubin and Arthur Tuden eds., *Comparative Perspective on Slavery in New World Plantation Societies*, New York: New York Academy of Science, 1977, p. 46.

베르토 페르난데스 레타마르에게로 이행된다. 레타마르는 피델 카스트로(Fidel Castro)에 관한 에세이에서 캘러밴을 쿠바인들로 전형화한다. 이어 2년 후에 발표한 『캘러밴』(*Caliban*, 1971)이라는 책에서는 로도의 유럽중심주의적인 '캘러밴/에어리얼/프러스퍼로 가설'을 정면으로 공박하면서 중남미인의 상징은 에어리얼이 아니라 캘러밴임을 강변한다.

> 로도의 생각과 달리 우리 중남미인의 상징은 …… 에어리얼이 아니다. 캘러밴이다. 원주민들은 모두 이 점을 분명하게 인식하고 있다. 프러스퍼로는 섬을 침략해 우리의 선조들을 살육하고 캘러밴을 노예로 만들었다. 동시에 그에게 자신의 언어를 배우도록 강제했다. 고로 캘러밴이 프러스퍼로의 언어가 아닌 그 어떤 언어로 자신의 주인을 저주할 수 있었겠는가? 또한 그 '불타는 돌림병'이 그자의 머리통 위로 떨어지기를 학수고대할 수 있었겠는가? 나는 이보다 더 우리의 문화적 상황을 혹은 현실을 명시적으로 반추해 주는 상징은 없다고 생각한다. …… 우리의 역사 그리고 우리의 문화, 그것이 바로 캘러밴의 역사이고 문화가 아니라면 그 무엇이겠는가?[*]

로도와 다리오에 의해 '속물 미국인'의 전형으로 등장한 중남미의 캘러밴이 세제르와 브래드웨이트 그리고 레타마르를 경유하는 과

---

[*] Roberto Fernandez Retamar, *The Massachusetts Review*, vol. XV(1973~1974), p. 24.

정에서는 저항 노예로 변신을 거듭하다가 로베르트 마르케(Robert Marque)에 이르러서는 살바도르 아옌데(Salvador Allende) 혹은 체 게바라(Ché Guevara) 등과 같이 문화적 주권을 회복하려는 해방 전사의 상징으로 접목된다.

한편, 1930년대 남아프리카에서는 캘러밴에 대한 묘한 해석이 등장해 세인들의 이목을 끈다. 남아프리카의 문맥에서 볼 때 1930년대는 보어전쟁 이후 이 지역의 패권을 놓고 영국계 백인들과 화란계 백인들이 가장 극심한 기득권 전쟁을 벌이던 시기이다. 이 민감한 시기에 레너드 반즈라는 한 영국계 언론인이 『아프리카의 캘러밴: 색광(色狂)에 대한 한 인상』이란 책에서 캘러밴을 인종차별주의에 기반한 아파르트헤이트 체제를 구축한 화란계 백인들에 비유한다. 그는 이 책의 표지에 캘러밴을 처음 본 트린큘로의 대사를 다음과 같이 옮겨 넣는다.

아니, 이게 뭐야? 사람이야 물고기야? 죽은 거야 산 거야?
물고기라! 그래, 그러고 보니 물고기 같기도 하구먼.
물고기 냄새가 나는 걸 보니 말이야.
아주 오래되어 썩어 문드러진 물고기에서나 나는 냄새 말이야.[**]

여기서 "썩어 문드러진 물고기" 냄새를 풍기는 캘러밴은 바로 화

[**] Leonard Barnes, *Caliban in Africa: An Impression of Colour-Madness*, London: Victor Gollancz, 1930.

란계 백인을 상징한다. 한편, 아프리카에서 캘러밴이 흑인 노예의 상
징으로 사용되기 시작하는 계기는 프랑스의 정신분석의인 마노니
(Octave Mannoni)를 통해서 이루어진다. 마노니는 『프러스퍼로와
캘러밴』(*Prospéro et Caliban*, 1956)이라는 책에서 마다가스카르인
들의 인종심리적 유형분석을 통해서 마다가스카르인들, 나아가 식민
지 민중 일반의 소위 '종속 콤플렉스'를 개념화한다. 그에 따르면, 마
다가스카르인들에게는 "알 수 없는 이유로 종속 콤플렉스가 생겨 심
리적으로 누군가에게 의지하지 않을 수 없다"는 것이다. 그는 그것이
마다가스카르인들의 '오이디푸스 콤플렉스'의 부재에서 기인한 것이
라고 본다. 즉 마다가스카르인들을 비롯해 넓은 의미의 식민지인들
은 유럽 백인들과 달리 "아버지의 권위"에 도전해 자신의 독립성 혹
은 주체성을 확보하려는 "남자 다운 전투의지"가 없다는 것이다.*

세제르는 마노니의 '종속 콤플렉스'가 식민주의라는 역사적 원
죄의 책임을 백인이 아닌 식민지 원주민들에게 전가하기 위한 조야
한 심리학적 개념이라고 분석한다. 그 반증으로 그는 프랑스 식민주
의자들이 지닌 '아버지의 권위'에 여러 차례 저항해 독립운동을 펼친
마다가스카르인들의 현대사를 소개한다. 마노니가 내세운 '종속 콤
플렉스'에 사로잡힌 캘러밴 가설은 세제르의 제자인 프란츠 파농을
통해서도 거센 도전을 받는다. 파농은 『검은 피부, 하얀 가면』(*Peau*

---

* Aimé Césaire, *Discourse on Colonialism*, tr. Joan Pinkham, New York: Monthly
  Review Press, 1972, pp. 39~40에서 재인용.[한글판: 『식민주의에 대한 담론』, 이석호 옮
  김, 그린비, 2011, 48~49쪽]

noire, masques blancs, 1952)이란 책에서 「식민지 민중의 종속 콤플렉스」라는 장을 할애해 마노니의 캘러밴 가설을 비판한다. 그는 마다가스카르인들의 '종속 콤플렉스'가 선천적이거나 문화적 열등감에서 비롯한 것이 아니고 백인들의 식민주의에서 기인한 것이라고 파악한다. 곧 마다가스카르인들에게 내재해 있는 것처럼 보이는 '캘러밴의 내적 특성'이 캘러밴 자신의 본질적 특성이라기보다는 프러스퍼로의 폭정에 의한 것이라는 주장이다.[**]

세제르와 파농 외에도 캘러밴의 의미를 아프리카의 탈식민주의 맥락으로 끌어들여 해석을 가한 이들은 많다. 『프란츠 파농의 울퉁불퉁한 갈비뼈: 조금씩 늘어나는 시 때문에』(*Frantz Fanon's Uneven Ribs: With Poems More and More*, 1971)라는 시집을 낸 우간다의 타반 로 리용(Taban Lo Liyong), 『귀향: 아프리카와 카리브 해 문학, 문화 그리고 정치에 관한 에세이』(*Homecoming: Essays on African and Caribbean Literature, Culture and Politics*, 1972)를 쓴 케냐의 응구기(Ngugi wa Thiong'o), 『저를 사랑하시나요 주인님?』(*Do You Love Me Master?*, 1977)을 상자한 잠비아의 데이비드 월러스(David Wallace) 등이 대표적이다. 이처럼 캘러밴은 수용자의 역사적 배경 혹은 해석학적 정황에 따라 다양한 의미로 변주되었다. 따라서 캘러밴을 어떻게 읽느냐에 따라 셰익스피어의 『태풍』이 전혀 다른 텍스트로 가독될 수 있음은 지당하다. 세제르의 『어떤 태풍』은 셰익스피어의 『태풍』을 다른 텍스트로 가독 가능케 하는 한 전형이다.

[**] 프란츠 파농, 『검은 피부, 하얀 가면』, 이석호 옮김, 인간사랑, 1998.

4. 에메 세제르의 『어떤 태풍』 읽기

세제르의 『어떤 태풍』은 원작인 셰익스피어의 『태풍』과 세 가지 점에서 두드러진 차이를 보인다. 첫째, 제목이 다르다는 점이다. 세제르는 프러스퍼로라는 특정한 인물이 특정한 의도를 가지고 불러일으키는 셰익스피어의 '태풍'을 캘러밴이라는 등장인물의 '어떤' 내면적 '태풍'으로 바꿔 묘사한다. 다시 말해, 셰익스피어는 프러스퍼로를, 세제르는 그의 노예 캘러밴을 중심으로 이야기를 전개했음을 뜻한다. 둘째, 원작과 달리 세제르의 작품에서는 캘러밴과 에어리얼이 모두 노예로 등장한다는 점이다. 캘러밴은 흑인 노예로 에어리얼은 혼혈 노예로 각각 등장한다. 셋째, 세제르의 작품에는 흑인의 선을 상징하는 '에슈'가 새로운 등장인물로 추가된다는 점이다. 이 세번째 차이는 물론 세제르가 셰익스피어의 『태풍』을 카리브 해의 문맥으로 견인해와 의도적으로 재해석하기 위한 상징적 장치이다.

세제르의 『어떤 태풍』이 캘러밴이리는 인물의 재구성에 초점을 맞추고 있는 만큼, 원텍스트와의 가장 커다란 변별점은 셰익스피어의 캘러밴에 대한 묘사로부터의 직접적이고 노골적인 일탈을 통해 확보된다. 세제르는 원작과 달리 캘러밴을 등장하는 순간부터 매우 주체적이고 혁명적인 인물로 묘사한다. 이는 캘러밴이 무대에 처음으로 등장하는 순간 원주민어로 "우후루!"(Uhuru)*라고 외치는 장면

---

* 이 책의 본문 1막 2장, 21쪽. 이하 본문을 인용할 시에는 문장 끝에 해당 막과 장 그리고 쪽수를 표기하는 것으로 한다.

을 통해 확인된다. 원주민어로 '우후루'는 '자유'를 의미한다. '우후루'는 이후 이 텍스트에서 가장 중요한 열쇠 말로 쓰이는데, 그 중요성은 아래의 대화에서 확인 가능하다.

프러스퍼로 무슨 일을 저지르려 했는데?

캘러밴 내 섬을 되찾고 내 자유를 회복하려 했소이다.

프러스퍼로 마귀가 들끓고, 태풍이 시도 때도 없이 불어 대는 이 섬에 혼자 남아 도대체 뭘 어쩌려고?

캘러밴 제일 먼저, 당신을 없앨 것이외다. 당신의 흔적을 내 몸속에서 완전히 뽑아내 버릴 것이외다. 당신이 행한 모든 일과 위선들 역시도! 당신의 그 '새하얀' 요술마저도!

프러스퍼로 매우 부정적인 계획을 가지고 계시는구먼!

캘러밴 당신은 모를 것이외다…….당신의 흔적을 내 몸속에서 완전히 뽑아내 버리는 일이 왜 내게 희망이 되는지를…….

프러스퍼로 세상이 물구나무서도 유분수지…….자, 여러분! 보시다시피, 캘러밴은 변증론자이올시다. 그럼에도 불구하고, 캘러밴, 짐은 네놈을 사랑하노라! 이리 오너라, 이제 화해를 하도록 하자. 이러니저러니 해도 십 년이나 함께 살고, 함께 일하지 않았느냐! 십 년이면 강산이 바뀌는 세월이니라. 우린 동지나 마찬가지니라!

캘러밴 잘 아실 텐데, 난 화해 따위에는 관심이 없다는 걸! 나의 유일한 관심은 자유이외다. 자유, 알아듣겠소? (3막 5장, 91~92쪽)

위의 대화에서 프러스퍼로는 현재적 질서의 유지를 위해 캘러밴을 회유의 대상으로 삼는 반면, 캘러밴은 프러스퍼로를 '우후루', 곧 '자유'의 걸림돌로 간주한다. 캘러밴이 자신의 등장을 원주민어로 포고하는 행위는 프러스퍼로의 언어가 바로 '자유'의 걸림돌 중 하나임을 직접적으로 깨닫고 있음을 암시한다. 캘러밴은 프러스퍼로가 가르쳐 준 언어가 인격을 부여한 언어가 아니라 (프러스퍼로의 명령에 따라) "땔감을 해오고, 접시를 닦고, 먹거리로 물고기를 잡아 오고, 채소를 심는 따위의 잡일들이나 하"는 데 필요한 '노예의 언어'일 뿐임을 직시한다(1막 2장, 46쪽).* 그런 '노예의 언어'로부터의 일탈만이 자신의 '우후루'를 회복하는 최선의 길임을 자각한다. 따라서 그는 프러스퍼로에게 자신을 더 이상 '캘러밴'이라는 이름으로 부르지 말 것을 주문하기에 이른다. '캘러밴'이라는 이름은 "당신[프러스퍼로]의 증오가 내게 준 이름이"고, 따라서 "그 이름을 들을 때마다 얼마나 수치감이 드는지 아시오?"라고 항변하기도 한다. 그러므로 자신을 "이

---

* 셰익스피어가 쓴 『태풍』에는 캘러밴의 이 발언이 다소 다른 맥락에서 출현한다. 프러스퍼로를 제거해 줄 것을 스테퍼노와 트린큘로에게 간구하는 캘러밴은 그들을 새로운 주인으로 섬기겠다고 다짐하며 다음과 같은 노래를 부른다.

캘러밴 (노래를 부른다)
더 이상 댐을 만들어 물고기를 잡지 않겠어.
그놈[프러스퍼로]을 위해 불을 피우지도 않을 테고.
식기를 말리지도, 접시를 닦지도 않겠어.
'이젠 끝이야!' '끝이라고!' 캐~앨러밴에겐
새로운 주인이 생겼다고, 새로운 주인 말이야!
이젠 자유다, 해방이다! 해방이다. 자유다! 자유, 해방, 자유!

—William Shakespeare, *The Tempest*, London: Hutchinson, 1985, 2막 2장, p.109.
　[한글판: 『템페스트』, 이경식 옮김, 문학동네, 2009, 68쪽]

름이 없는 인간" 혹은 "도둑맞은 인간"을 상징하는 "X"로 불러달라
고 탄원하기에 이른다(1막 2장, 27쪽).

카리브 해의 맥락에서 프러스퍼로의 언어를 전복하는 것이 '자
유'에 이르는 최상의 길임을 지적한 이는 세제르 외에도 많다. 바베이
도스의 소설가이자 시인인 조지 래밍은 『망명의 즐거움』이라는 자서
전에서 캘러밴이 "문화제국주의의 희생양"임을 밝힌다. 그것은 캘러
밴이 프러스퍼로에게서 배운 언어가 곧 "감옥"의 언어임을 선언하는
것이다. 그는 프러스퍼로가 그 "감옥"을 통해서 캘러밴의 욕망을 재
현하고 통제한다고 설명한다. 그가 보기에 언어를 통한 통제는 "식민
주의가 이룩해 낸 가장 음흉한 부산물"이다. 그는 나아가 "언어적 특
권"이란 단순히 주인의 언어만을 의미히는 것이 아니고 "[주인의 언
어로] 말하고 개념화하는 방식 그리고 자아를 드러내는 일련의 방식
까지도 포함한다"고 일갈한다.**

식민주의자의 언어를 전복 불가능한 "감옥"으로 규정한 조지 래
밍과 달리, 독일의 저명한 아프리카 문학 전문가인 얀하인츠 얀은 다
소 희망적인 의견을 피력한다. 그는 주인의 언어를 배운 캘러밴이 어
느 시점에 이르면 그 주인의 언어를 철저하게 다른 맥락으로 전유하
기 시작하면서 그 언어를 통해 자신의 기질, 욕망, 꿈꿍이 그리고 문
화를 드러내기에 이를 뿐만 아니라 급기야 주인의 세계를 전복하기
에 이른다고 주장한다.

** George Lamming, *The Pleasure of Exile*, London: Michael Joseph, 1960, pp.
   109~110.

캘러밴은 부지불식간에 프러스퍼로가 창조하지도 통제하지도 못하는 문화를 지니기에 이른다. 그가 도제식 학습을 통해 프러스퍼로에게서 배운 언어는 프러스퍼로조차도 감히 기대하지 못한 방향으로 바뀌게 된다. 다시 말해, 캘러밴은 2개 국어 구사자가 되는 것이다. 이 말은 캘러밴이 프러스퍼로와 대화하기 위해 사용하는 언어와 자신의 속마음을 표현하기 위해 사용하는 언어가 더 이상 같지 않고 서로 달라지게 됨을 뜻한다. 결국 캘러밴은 프러스퍼로가 만든 언어의 감옥을 박차고 나오게 되는 것이다.[*]

얀은 캘러밴이 프러스퍼로의 감옥문을 부수고 나오는 시점을 1934년과 1948년, 즉 상고르와 세제르가 '네그리튀드'(Négritude)를 들고 나와 '흑인의 정체성 및 주체성'을 거론하는 때로 잡는다. 그는 이 계기가 프러스퍼로의 영어에 칼립소 리듬을 부여해 그 진부한 언어의 심장에 새로운 맥박을 부여하는 레무엘 존슨(Lemuel Johnson)이나 키쿠유(Kikuyu)어로 먼저 창작하고 영어로 후에 번역본을 내는 응구기 와 시옹오를 만나면서 더욱 공고화하게 된다고 주장한다. 얀 하인츠 얀, 미하일 바흐친(Mikhail Bakhtin), 나아가 호미 바바(Homi K. Bhabha)의 주장대로 '2개 국어/다성성/미미크리(mimicry)'를 사용하는 캘러밴은 전복적이다. 이러한 점은 셰익스피어보다 세제르가 더 명민하게 깨닫고 있었던 것으로 보인다. 이는 캘러밴의 '교육'에

---

[*] Janheinz Jahn, *Neo-African Literature: A History of Black Writing*, tr. Oliver Coburn and Ursula Lehrburger, New York: Grove Press, 1969, p. 239.

대한 프러스퍼로의 집착이 어느 정도인지를 파악함으로써 확인 가능하다. 가령 셰익스피어의 프러스퍼로는 "태어나길 악마로 태어난 놈"**인 캘러밴을 철저히 "시민"이 아닌 "종놈"으로 만들기 위해 신명을 바칠 뿐인 데 반해, 세제르의 프러스퍼로는 근대주의자의 사명을 가지고 캘러밴을 형식적이나마 "동지"(3막 5장, 116쪽)로 만드는 일에 주력한다.

곤잘로의 경우도 예외가 아니다. 셰익스피어의 곤잘로는 "무역"도 "영주"도 "학교도 부도 가난도 노예제도"도 없고, 나아가 "계약, 상속, 국경, 울타리, 경작"뿐만 아니라 "철기도 옥수수도 와인도 오일도 필요가 없는", 따라서 "누구라도 한가롭고" 게다가 "어떤 여자든지 순수하고 순결할"***무인도를 꿈꾸는 '대책 없는 낭만주의자'의 한 전형으로 등장하는 데 반해, 세제르의 곤잘로는 다소 자의식적인 낭만주의자로 등장한다. 그는 시배스천과 앤토니오에게 '무인도'에 대해 이렇게 말한다.

내 희망대로 이 섬에 사람이 살고 있다고 칩시다. 우린 이 섬을 정복하게 될 것이외다. 그게 내 바라는 바이기는 하지만, 조심해야 한다는 게지요. 지난 세월 우리가 급하게 이룬 것들, 다시 말해 우리가 지금 문명이라는 이름으로 부르는 것들을 좀 조심스럽게 이 섬으로 가져올 필요가 있다는 뜻이오. 이곳의 원주민들은 그냥 그렇게 고상하

** Shakespeare, *The Tempest*, 4막 1장, p.155.[한글판: 103쪽]
*** ibid., 2막 1장, p. 81.[한글판: 50쪽]

게 놔두는 게 좋을 것 같다는 얘기오. 자유롭고 열등감이 없는 순진 무구한 원주민으로 말이오. 영원한 젊음의 비밀을 간직하고 있는 우물처럼 말이오. 쭈글쭈글 늙어 가고 도시화되어 가고 있는 우리의 가련한 영혼들을 회춘시켜 줄 수 있는 그런 우물처럼 말이오. (2막 2장, 42쪽)

셰익스피어가 창조한 프러스퍼로와 곤잘로에게 캘러밴과 그가 살고 있는 무인도는 궁극적으로 주체의 확장을 위한 정복과 지배의 대상일 뿐이지 진정한 의미의 타자는 아니다. 그것은 세제르의 텍스트에 등장하는 프러스퍼로와 곤잘로의 경우도 마찬가지다. 다만, 세제르의 프러스퍼로와 곤잘로는 근대적 주체가 그 자신과 전근대적 타자를 동일화하는 과정에서 필연적으로 수반할 수밖에 없는 계몽주의적 자의식 혹은 죄의식을 굴절된 형태로 간직하고 있을 뿐이다. 계몽주의적 자의식 혹은 죄의식이 주체와 타자 간의 근본적 균열 혹은 동일화의 원천적 불가능성을 역설적으로 드러내는 심상이라는 점에서 오히려 세제르의 스테퍼노가 캘러밴을 그저 "써먹을 정도로만"(3막 2장, 62쪽) 언어를 가르치고 문명화시키면 충분하다고 한 지적은 근대적 의미의 주체관을 초월한다. 타자의 존재를 온전히 전유한다는 것이 불가능하다는 점을 깨닫고 있기 때문이다.

세제르는 프러스퍼로와 곤잘로의 근대적 기획이 시대착오적인 것임을 웅변한다. 프러스퍼로가 캘러밴에게 "나도 네놈이 싫다./네놈 때문에 난생 처음/내 자신을 회의하게 되었기 때문이다"(3막 5장, 95~96쪽)라고 한 발언이 그 점을 입증한다. 프러스퍼로는 캘러밴 같은 "악마"를 식민주의적 교화라는 근대의 기획을 통해 "동지"로 만들 수 있다고 신봉하고 있는 인물이다. 그러나 그의 위 발언은 끝내 자신이 "인간으로 만들"(3막 5장, 95쪽)지 못한 캘러밴을 보면서 그 스스로 그토록 신망해 왔던 근대적 가치에 대한 회의를 본격적으로 드러내게 됨을 뜻한다. 그의 근대적 가치에 대한 회의는 결국 그로 하여금 유럽 본토로의 귀향을 포기하고 무인도에 남아 그의 절대적 믿음을 일말의 '회의'로 돌려세운 근대적 가치의 '결핍'을 보완하는 일에 여생을 바치도록 만든다. 왜냐하면 "나 없이, 과연 누가 이 섬에서 / 음악을 연주할 수 있었겠소이까? / 이 섬은 나 없이는 벙어리일 뿐"(3막 5장, 96쪽)이라고 믿고 있는 프러스퍼로는 철저한 근대주의자의 한 전형이기 때문이다.

세제르는 프러스퍼로의 부정적인 근대 정신을 캘러밴의 저항을 통해 심문하고자 한다. 캘러밴을 "네 발 달린 괴물"*이자 "주정뱅이 괴물", 그리고 "백치 괴물 같은 놈"**으로 묘사한 셰익스피어와는 달리, 세제르는 그를 시종일관 독립적이고 전투적이며 주체적인 한 인물로 조감한다. 셰익스피어와 세제르가 각각 창조한 캘러밴이 서로 가장 극명한 대비를 보이는 대목은 캘러밴이 스테퍼노와 트린큘로를 처음으로 만나 프러스퍼로를 제거해 주면 새로운 주인으로 섬기겠다고 맹세하는 장면에서 확연하게 드러난다. 먼저, 셰익스피어의 텍스트를 보자.

---

* Shakespeare, *The Tempest*, 2막 2장, p.101. [한글판: 63쪽]
** ibid., 2막 2장, p.107. [한글판: 67쪽]

캘러밴 (스테퍼노에게) 기름진 이 땅의 구석구석을 제가 가르쳐 드리죠. 그리고 당신의 발에 입이라도 맞출게요. 제발 저의 주인님이 되어 주세요. (스테퍼노가 고개를 끄덕이는 사이 술병 쪽으로 다가간다)

트린큘로 야, 이놈 정말 사악하기 그지없는 주정뱅이 괴물 아냐! 주인이 잠자고 있을 때 술병을 훔칠 놈이로구먼. (스테퍼노에게 제안을 받아드리지 말도록 신호를 보낸다)

캘러밴 당신의 발에 입이라도 맞추겠다고요. 종이라도 되겠단 말이에요.

스테퍼노 그래? 그럼, 무릎 꿇고 맹세를 해. (캘러밴 무릎을 꿇는다)

트린큘로 이 백치 괴물 같은 놈 때문에 복장이 터져 죽겠구먼. 이놈을 그냥…….

스테퍼노 자, 어서 이 발에 입을 맞춰 봐!

트린큘로 이놈은 취했다고. 이 징그러운 괴물 놈!

캘러밴 (더듬거리며) 당신에게 맑은 샘이 있는 곳도 가르쳐 드릴게요. 당신을 위해 딸기도 따고, 물고기도 잡고, 나무도 해드릴 거예요.
……

캘러밴 당신에게 사과가 자라는 곳도 가르쳐 드릴 거고, 제 긴 손톱으로 밭에서 콩도 따 드릴 거예요. 까치 둥우리가 있는 곳도 알려 드리고 원숭이 새끼도 잡아 드릴 거예요…….*

반면, 세제르의 캘러밴은 같은 상황에서 다음과 같이 말한다.

---

* Shakespeare, *The Tempest*, 2막 2장, p.107.[한글판: 66~67쪽]

아니, 내가 이런 덜떨어진 인간들을 따라다니다니, 미쳤군! 돼지처럼 살만 피둥피둥 찐 이런 인간들과 도대체 어떻게 혁명을 하겠다는 거야? 내 자유를 내 스스로의 힘으로 올곧게 되찾아 내지 못하면 역사 앞에서 어떻게 당당할 수 있겠어? (3막 4장, 83쪽)

세제르에게 캘러밴은 자신의 운명, 독립, 자유를 누군가에게 의탁하고 그 대가로 그의 종노릇을 하는 마름의 신분이 아니다. 스스로 자신의 삶을 개척해 가는 단독자이다. 이는 에어리얼과의 대화에서도 적나라하게 나타난다. 에어리얼은 프러스퍼로와의 일전을 앞둔 캘러밴에게 "난 폭력을 선호하지 않네"라고 말하며 '폭력'을 통한 혁명은 없으니 유화책을 쓰라고 강권한다. 그에게 캘러밴은 말한다. "그럼, 자넨 뭘 선호하는가? 비겁함? 자포자기? 무릎 꿇고 살살 빌기? 아니면, 이거로구먼. 오른쪽 뺨을 맞으면 왼쪽 뺨을 내밀기. 왼쪽 궁둥이를 차이면 오른쪽 궁둥이를 내밀기…… 그렇게 하면 최소한 상대방의 비위는 건드리지 않을 수 있겠지. 그러나 그건 나 캘러밴의 길이 아닐세"(2막 1장, 37쪽). 캘러밴의 이러한 단독자의 정신은 궁극에는 프러스퍼로의 낡은 질서 및 세계관을 무너뜨리는 데 일조한다. "나는 안다, 언젠가는 / 내 이 헐벗은 주먹이, 단지 이것만이, / 네놈의 세계를 박살 내리란 걸! / 그리하며 마침내 구세계가 허물어지리란 걸!"(3막 5장, 94쪽)

세제르의 『어떤 태풍』은 세계연극사에서 오랫동안 경전의 지위를 누려 온 셰익스피어의 『태풍』을 카리브 해의 문맥으로 내파(內破)한 작품이다. 이 작품에서 세제르는 프러스퍼로가 아닌 캘러밴의 시각을 활용해 경전의 미학적 질서를 교란한다. 그것은 세제르가 소위 경전이라 불리는 텍스트의 절대적 가치를 부정하고 있음을 뜻한다. 세제르는 경전을 구성하는 가치가 시대적 혹은 역사적 배경의 차이, 주체가 존재하는 조건의 차이, 그리고 수용자의 실존적 조건의 차이 등에 따라 다르게 해석될 수 있음을 간파한다. 『어떤 태풍』은 셰익스피어의 『태풍』이 일정한 해석학적 단계를 거치면서 드러낸 의미의 화석화, 그 전 과정을 주변부적 시각으로 재배치한 텍스트이다. 그 과정을 통해 세제르는 경전의 권위에 의해 알게 모르게 억눌린 주변부적 가치를 목적의식적으로 복권시키고 있다.